絳雲集

序——認識珠紅

陳器文

認識珠紅，看她的臉，不提防會被她的雙眼攫住。

認識珠紅，早在十多二十年前，她紅撲撲的臉，一雙漆黑瞳仁的眼，走上講臺，受頒中興大學文風小說獎第一名、散文獎第一名；她坐在講桌下面，聆聽「神話學」；老師都認識珠紅，知道珠紅是個質優的文學美少女。至於這位文學少女是否苗而能秀、秀而能實呢？至於神話裡絕地天通的荒古謬悠之思，是否竟成為她意識裡深埋的蟬蛹呢？珠紅畢了業，離開了學校，日銷月磨，記憶中早已模糊了她的臉、忘了她的人，答案自己在時間裡發酵。

再看見珠紅，是碩士班的課堂上，看她的臉，自然是睽違多年後的「似曾相識」，任職高中又兼瑜伽教師的珠紅看來像是練家子，雙眼炯炯，生活中有許多規劃：買房子、按部就班地存款、教瑜伽玩身體一心一意鍛鍊成個金鋼不壞的千年老妖。誰知道一場 921 地震對珠紅而言彷彿是天啟，原以為鋼筋水泥保固十年百年的貸款屋，瞬間成為廢墟，色身的照顧虛妄一場，所為何來？珠紅渴望一種破繭而出的自在，渴望一份無假少求的新生活。

對於我這個無神信仰的神話學老師，珠紅努力敘述她身體力行，接收靈界訊息的修練經驗。珠紅自認骨架輕巧，身上有特殊的烙記容易感應上身，容易「被跟」，珠紅言之鑿鑿地說：

「打哈欠」就是她「被跟上」的信號，尤其是農曆初一十五，跑到特殊的場合不由自主地哈欠個不停，讓「目油」都流出來。珠紅放棄了正職，一度想報考道士資格認證，但傳統道教對男女兩性的差別待遇，使珠紅望而止步，打消了列籍成為專職女道士之想。珠紅讀到一位紐約女作家珍・羅勃茲（Jane Roberts）被自稱為賽斯（Seth）的宇宙老靈魂借身，這個宇宙老靈魂不必然擁有人類的形貌，也可以說是「能量單位」，是沒有肉體的純粹思想體，透過女作家的身體，說法示教。珠紅讀過賽斯資料後，心弦震動，從靜坐調息，開始了超感官能力的開發，追尋另一種「存有」。珠紅形容說，此刻的她靜坐入定，輕呀輕彷彿所有的重擔都卸下、所有的捆綁都拆解了，身子離地騰空而起，感受到無限大、無限大。憑著心神感應，珠紅找到了身體的能量場，找到自己的文昌位，兩年內寫了五本書，博士論文二十萬字也將脫稿，著作量驚人、信念所發揮的意志力更是驚人。

這本《絳雲集》收集了珠紅民國 94-95 年別出機杼的十篇論文，想到珠紅喜孜孜的形容存身處就是修煉場，整面牆寫著心經，端坐在自己深信不疑的文昌位上，筆下寫的是論文其實是經文更是生命的歌，生活的詩。十篇論文從臨水照花的張愛玲談到文殊化身的寒山子，從豬八戒的多情談到王陽明的悟道，看來是有陰有陽或葷或素，其實共同的主題只有一個，不論珠紅自覺或不自覺，她隨手應心左剔右抉寫的單只是古今人物的追尋，人間最美的身姿：決絕的追尋。

認識珠紅，看她的臉，看她的眼，一往無悔的追尋，使珠紅的雙眸閃爍著灼人的靈光，那些浪漫作家形容人物說「燃燒的眼」竟是真的嗎？就珠紅而言，意志力就是生命的能量，每個人都是自己的神。

目　次

絳雲集　iv

民國世界的臨水照花人——張愛玲

一、前言

　　日前，上海擬為去世屆滿十年，中國近代最偉大的女小說家——張愛玲，舉辦「張愛玲國際研討會」，卻因不明原因作罷，各方的揣測有：一、張愛玲的丈夫胡蘭成，其為「漢奸」所引發的爭議，事涉中、日、台三國的政治解讀；二、張愛玲《赤地之戀》一書，內容描述「土改」、「三反」、「抗美援朝」、「韓戰」四個時期，其中，描述農村土改下的慘狀，就佔了全書五分之四的篇幅；而三反時期的上海，無疑將使世人重新看待當時的中共政權，至今仍被多數人敬愛的毛主席，勢將面臨不可逆料的「聯合」審判。本文以張愛玲的「生平」、「個性」、「愛情觀」、「政治立場」為主要闡述點，期能就外界對上海取消「張愛玲國際研討會」的兩點揣測，提供讀者想像的空間。

二、最後的貴族——張愛玲

柯靈，新文學陣營的健將，同時也是張愛玲的好友，曾說：

> 我扳著指頭算來算去，偌大的文壇，哪個階段都安放不
> 下一個張愛玲；上海淪陷，才給了她機會。日本侵略者
> 和汪精衛政權把新文學傳統一刀切斷了，只要不反對他
> 們，有點文學藝術粉飾太平，求之不得，給他們點什麼，
> 當然是毫不計較的。天高皇帝遠，這就給張愛玲提供了
> 大顯身手的舞台。[1]

1941 年日本進攻香港，在香港讀書的張愛玲經歷了轟炸與
砲火所帶來的恐懼感；1942 年回到上海後，張愛玲嘗盡了
封鎖與隔絕的滋味。[2]柯靈對張愛玲意在言外的責難，無法
使眾多的「張迷」同意張愛玲這個時期的寫作純粹是為了迎
合當權者；而當張愛玲的偶像，她聲稱「如對神明」的胡適，
談到大陸上「純粹是軍事征服」時，她也只是「頓了頓沒有
回答」，剛寫完《秧歌》[3]的張愛玲竟失禮至此，惹得胡適

---

[1] 陳思和，〈民間和現代都市文化——兼論張愛玲現象〉，轉引自楊澤主
編，《閱讀張愛玲——張愛玲國際研討會論文集》（台北：麥田出版公
司，1999 年），頁 332。下引版本同。

[2] 參見陳芳明，〈亂世文章與亂世佳人——張愛玲筆下的戰爭〉，《聯合
文學》第 12 期 11 卷，頁 25。

[3] 《秧歌》的故事背景，為 1950 年前後，中國南方的「土改」情況。

「立刻把臉一沉，換了個話題。」[4]讀者先不妨同意：張愛玲的反共，或許是為權宜之計。[5]

（一）張愛玲生平

胡蘭成口中的「民國世界的臨水照花人」[6]──張愛玲，本名張瑛，母親在她十歲時幫她改名為張愛玲，民國九年九月三十日生於上海，祖籍河北省豐潤縣。張愛玲還有其他頗不女性化的筆名：梁京、范思平、王鼎。朱天文形容張愛玲的字：「像一棵包心菜蹲在田裡。」她說多年後才懂得她的字真好。[7]張愛玲的母親黃素瓊長年在國外；父親張志沂是前清遺老，成天抽鴉片煙，有幾位姨太太；曾祖父張佩綸，曾在福建領水軍和法國軍隊作戰；外曾祖父李鴻章，幾度代表清廷與西方折衝外交問題。張愛玲家世雖顯赫，自小卻與父母無緣，一直是由奶媽帶她，母親在她四歲後兩度出洋[8]，在張愛玲身邊的日子，總努力要訓練她成為「淑女」；教她

[4] 張愛玲，〈憶胡適之〉，《張看》（台北：皇冠文學出版有限公司，1995年），頁148。

[5] 水晶，〈《秧歌》的好與壞〉，《張愛玲未完──解讀張愛玲的作品》（台北：大地出版社，1997年），頁163。

[6] 胡蘭成，〈民國女子──記張愛玲〉，《今生今世》（台北：遠景出版事業公司，1997年。）下引版本同。

[7] 朱天文，〈張愛玲的《赤地之戀》〉，《國語日報》，1986年5月17日7版。

[8] 母親在張愛玲心中一直是個無形的壓力，她曾留學歐洲，學過美術、油畫，和胡適、徐悲鴻、常書鴻都有交往；抗戰時在印度當過尼赫魯姊姊的祕書，晚年在英國當女工。參見張愛玲，〈看老照相簿〉，《對照記》（台北：皇冠文學出版有限公司，1995年），頁20。

「巧笑」，但張愛玲的一張嘴，不是大笑就是傻笑[9]；教她走路，她一走起路來，不是衝衝跌跌就是撞到桌椅角。[10]張愛玲 12 歲時父母離異，19 歲考入香港大學文科，23 歲成為胡蘭成（38 歲）未舉行公開儀式，只寫婚書為定的妻子，婚書內容如下：「胡蘭成張愛玲簽定終身，結為夫婦（張寫），願使歲月靜好，現世安穩（胡寫）。」[11]胡蘭成在政治上的功利性格，感情上的風流自賞[12]，造成三年後倆人分手；分手半年後，張愛玲給了胡蘭成一筆錢，即不再對另結新歡的他有任何回應（1947 年）。

張愛玲於民國 41 年逃出大陸，到香港美國新聞處工作，民國 44 年赴美定居，翌年（36 歲）和 65 歲的美籍作家賴雅（Ferdinanal Reyher）結婚（11 年後賴雅去世）。張愛玲在美國住了四十年，晚年為牙痛、皮膚病、感冒、眼睛痛所苦，依然對世上美的事物無法自拔，去世的前一年還去做了次美容，又添購了許多新衣，「花容月貌為己妍」[13]的張愛玲，1995 年 9 月 8 日中秋前夕，被人發現死於美國洛杉磯自宅，享年 74 歲。

---

[9] 水晶，〈夜訪張愛玲〉：「半個世紀後，笑聲聽起來有點黏搭搭，發癡嘀嗒，是十歲左右小女孩的那種笑聲。」《張愛玲的小說藝術》（台北：大地出版社，1985 年），頁 25。下引版本同。

[10] 張愛玲自承在一間屋子裡住了三年，還弄不清楚電燈的開關在哪裡。參見水晶，〈夜訪張愛玲〉。

[11] 胡蘭成，〈民國女子——記張愛玲〉，《今生今世》。

[12] 參見劉淑慧，〈清堅決絕——試探張愛玲的愛情〉，《聯合文學》第 11 卷 12 期，頁 33。

[13] 水晶，〈那灰鼠鼠的一片〉，《張愛玲未完——解讀張愛玲的作品》，頁 120。

（二）張愛玲的性格

　　張愛玲的童年，在《流言》一書裡有十分詳盡的自剖，她用自嘲與叛逆的口吻說自己「愛錢」，抓週的時候抓的就是個小金鎊；說母親特別清高，再困窘都不肯談錢[14]，母親後來也不得不把錢當回事，在張愛玲中學畢業後，母親說：「如果要早早嫁人的話，那就不必讀書了，用學費來妝扮自己；要繼續讀書，就沒有餘錢兼顧到衣裝上。」[15]張愛玲說：「我就堅持我是拜金主義者。」她認為這是自己跟母親很不同的地方；她不諱言父親弄了個繼母，使她吃過毒打、禁閉的苦，張愛玲為了撿繼母的舊衣服穿而心生反感，據她自己說，日後因此成了十足的「衣服狂」。[16]

　　張愛玲很喜歡張恨水的小說，自己覺得沒資格成為他小說裡的人物，而在張愛玲筆下的親人，幾乎全都可以為她的個性作注。在《對照記》中，張愛玲自豪的在母親的照片旁寫上：「踏著一雙金蓮跨過兩個時代。」一生受母親與姑姑[17]，兩位摩登女性的影響不小。張愛玲把生得很美，「既不能令，又不受令」，「有著一雙吧達吧達的眼睛」（張愛玲說那是

---

[14] 與母親同住時的張愛玲，經常要向母親伸手要錢，「……為她的脾氣磨難著，為自己的忘恩負義磨難著，那些瑣屑的難堪，一點點的毀了我的愛。」「能夠愛一個人愛到問她拿零用錢的程度，那是嚴格的試驗。」張愛玲，《流言》（台北：皇冠出版有限公司，1995 年），頁10。下引版本同。

[15] 張愛玲，《流言》，頁 12。

[16] 張愛玲，《流言》，頁 10。

[17] 張愛玲的姑姑張茂淵，78 歲結婚，年輕時與張愛玲的媽媽聯袂出國遊學，回國後同住一戶。

孤兒的眼睛）的弟弟張子靜，當「小玩意」來愛。張愛玲
17 歲那年，母親回國，父親因不能接受養了多年的張愛玲，
心轉向著母親，加上繼母從中挑撥，竟然動手打了張愛玲並
把她關起來，張愛玲因此而得痢疾，還險些喪命，等到有行
動能力時，立即逃往母親家，弟弟張子靜帶了一雙「報紙包
著的籃球鞋」離開父親，母親表示無力負擔二人的教養費，
與張愛玲哭成一團，張子靜只好帶著那雙籃球鞋，離開母親
與姊姊。[18]張愛玲曾因父親為了小事打了弟弟一個嘴巴子，
在浴室咬著牙說：「有一天我要報仇。」而弟弟卻在陽台上
踢球，已經忘了被打的事。[19]張子靜曾發表張愛玲寫給他的，
唯一也是最後一封信：

> 傳說我發了財，又有一說是赤貧。其實我勉強夠過……
> 沒能力幫你的忙，是真覺得慚愧。惟有祝安好。[20]

張愛玲死後，張子靜在《我的姊姊張愛玲》一書中，總結他
對張愛玲的看法：嬌慣、自私、薄情、罔顧親情[21]；胡蘭成
說張愛玲對親情是「天道無情」；張愛玲的表妹（黃家瑞，
張小燕之母。）說：「表姊是一個既熱情又孤獨的人。」[22]張
愛玲的性格，表現在人倫關係上的六親緣薄，與她的成長環
境有絕大的關係。

---

[18] 張愛玲，《流言》，頁 154。
[19] 水晶，《張愛玲的小說藝術》，頁 125。
[20] 水晶，《張愛玲的小說藝術》，頁 125。
[21] 水晶，《張愛玲的小說藝術》，頁 133。
[22] 胡蘭成，〈民國女子——記張愛玲〉，《今生今世》，頁 191。

（三）張愛玲的愛情觀

　　與胡蘭成在一起，張愛玲不在乎他有妻室、女友、會狎妓；報上雜誌凡有批評張愛玲的文章，她會對胡蘭成說：「我是但凡人家說我好，說得不對我亦高興。」張愛玲喜歡悄窺胡蘭成一個人在書房裡：「他一人坐在沙發上，房裡有金粉金沙深埋的寧靜，外面風雨淋瑯，漫山遍野都是今天。」疼胡蘭成時，張愛玲寫道：「你這個人，我恨不得把你包包起，像個香袋兒，密密的針線縫縫好，放在衣箱裡藏藏好。」時局變動時，張愛玲要胡蘭成改名變姓：「可叫張牽，又或叫張招，天涯地角有我在招你牽你。」胡蘭成形容他看到張愛玲：「世界都要起六種震動。」[23]張愛玲在感激「只有他懂得我」之後的三年，這段天地為之「變色」、「震動」的感情很快沒了「餘震」，胡蘭成的功利、涼薄、對異性的「雨露均沾」，使「清堅」的張愛玲也不得不「決絕變色」。王禎和口中，一腳穿白襪子，一腳赤足走在花蓮街上的張愛玲，是不難使人理解後來那些想親近她的人，會故意搬到她的公寓鄰室，每天翻搜她倒出的垃圾。[24]

　　民國 32 至 34 年間，正是張愛玲創作的多產期，《傾城之戀》、《金鎖記》、《流言》、《紅玫瑰與白玫瑰》均於此時完成。張愛玲藉由《傾城之戀》女主角白流蘇之口，說道：

---

[23] 胡蘭成，〈民國女子——記張愛玲〉，《今生今世》，頁 191、197、192、199、168。

[24] 黃碧端，〈張愛玲的冷眼與熱情〉，《聯合文學》第 12 期 12 卷，頁 17。

> 一個女人上了男人的當，就該死；女人給當給男人上，那
> 更是淫婦；如果一個人想給當給男人上而失敗了，反而
> 上了人家的當，那是雙料的淫惡，殺了她也還污了刀。[25]

《傾城之戀》完成於跟胡蘭成分手前，張愛玲在感激只有胡
蘭成懂得她的同時，並沒有被這份因「相知」而生的感激沖
昏了頭；張愛玲曾表示：

> 如果男女的知識程度一樣高，女人在男人面前還是會有
> 謙虛，因為那是女人的本質，因為女人要崇拜才快樂，
> 男人要被崇拜才快樂。[26]

可以看出這位「最後的貴族」[27]，內心是踏實的明白：愛不
止是「相歡」。

（四）張愛玲的政治立場

　　張愛玲對左派的壓力，是本能的起反感；在她大部分的
小說裡，她避寫戰爭與革命，是因為深知任何大時代裡，英
雄兒女到底是佔少數，多數的男女還是跌跌撞撞的，不徹底
的活了過來。高行健在《一個人的聖經》裡，給在非常時代
裡的英雄兒女的忠告：

---

[25] 張愛玲，《傾城之戀》，臺北皇冠出版有限公司。
[26] 劉淑慧，〈清堅決絕——試探張愛玲的愛情〉《聯合文學》第 11 卷 12
　　期。
[27] 王德威，〈重讀張愛玲的《秧歌》與 《赤地之戀》〉楊澤主編，《閱
　　讀張愛玲——張愛玲國際研討會論文集》。

你無可抱怨，享受生命，當然也付出了代價，又有什麼
是無價的？除了謊言和屁話。你應該把你的經歷訴諸文
字，留下你生命的痕跡，也就如同射出的精液，褻瀆這
個世界豈不也給你帶來快感？它壓迫了你，你如此回
報，再公平不過。

所以寫，不過要表明有這麼種生活，比泥坑還泥坑，比
想像的地獄還真實，比末日審判還恐怖，而且說不準什
麼時候，等人忘了，又捲土重來，沒瘋過的人再瘋一遍，
沒受過迫害的再去迫害或受迫害，也因為瘋病人生來就
有，只看何時發作。[28]

高行健跟張愛玲一樣，努力想給所有不是「命中注定是犧牲
了的一代」[29]的英雄兒女們，一個可以「嗅到一點真實的生
活氣息」[30]的機會。王爾德說：「人生的祕密就是受苦。」
張愛玲在解讀這個「祕密」時，曾說：「生命祇是一襲華美
的袍子，爬滿了蝨子。」以她的「好友」自居的柯靈後來也
說：

張愛玲在文學上的功過得失，是客觀存在的，認識不認
識，承認不承認，是時間問題。等待不是現代人的性格，
但我們如果有心，就應該有信心。[31]

---

[28] 高行健，《一個人的聖經》（台北：聯經出版事業公司，2000 年），
頁 144、200。下引版本同。
[29] 高行健，《一個人的聖經》，頁 117。
[30] 張愛玲：《赤地之戀·自序》（臺北：皇冠出版有限公司，1998 年），
頁 3。
[31] 柯靈，〈最後的傳奇——張愛玲·序〉，《聯合文學》第 12 期，頁 16。

柯靈這一段與之前「迴異其趣」的口吻,使人不得不想:六
親緣薄的張愛玲,在中日之戰時託胡蘭成解救柯靈,是有心
要做到荷馬說的:凱撒的還給凱撒,上帝的歸給上帝。

三、結語

　　在上海開始文學生涯的張愛玲,是比大後方的許多中國
人,還清楚什麼是戰爭的景象;中共佔領上海以後,對整個
「民族性」的破壞,使張愛玲心驚;在上海,於當時相知的
胡蘭成,張愛玲是仁至義盡;《赤地之戀》一書,張愛玲想
留給歷史的,也不過是一份可以「嗅到一點真實的生活氣息」
的「真」,人盡皆知文學的真,不必是歷史的真;於「張愛
玲國際研討會」,上海有關當局,當如是想。張愛玲,大陸
淪陷時期最走紅的女作家、著名的電影編劇,台北某劇團曾
推出〈愛玲說〉一劇,以「聊齋女鬼」的造型演出張愛玲,
張愛玲地下(或天上)有知,定然也會發出「發癡嘀嗒」的
笑聲。民國世界的臨水照花人、中國近代文壇「最後的貴
族」,直到今天,仍有許多人想要努力的,定時的為她「借
屍還魂」,也只是還不來一個——永遠的張愛玲!

本文刊登於國立暨南國際大學,李家同主編《暨大電子雜誌》
第 33 期,2005 年 12 月。

知識份子的原鄉與原罪

——談張愛玲《赤地之戀》

一、前言

　　1953 年，張愛玲以英文撰寫《赤地之戀》，翌年，《赤地之戀》中、英文版同時出版；學界對《赤地之戀》的看法，批評有二：一、作者缺乏農村生活體驗；二、作者受雇為美國做反共文宣。蕭關鴻曾訪談張愛玲的姑丈李開第，李開第說張愛玲確實曾參加過土改[1]；而張愛玲亦曾私下透露，《赤地之戀》是在「授權」的情形下寫成的。[2]學界對《赤地之戀》的兩點批評，正可讓讀者細味：《赤地之戀》是否歷史

---

[1]　張愛玲參加土改一事，張愛玲的好友柯靈持質疑態度，柯靈曾被日本人抓起來，因張愛玲託胡蘭成幫忙才得以釋放。柯是基於黨國忠貞或是文網的壓力而「罔顧道義」則不得而知。參見高全之，〈《赤地之戀》的外緣困擾與女性論述〉，（《書評》132 期，1998 年 8 月），頁 132~133。

[2]　「授權」意指「當局」干預藝術創造一事，然不管是中共統治下的上海，或是香港的美新處，張愛玲一律痛恨。參見水晶，〈關於《赤地之戀》〉，《幼獅文藝》48 卷，1978 年。

見證多於小說藝術。[3]言《赤地之戀》是張愛玲為美國作反共文宣者，是根據《赤地之戀》是在香港美新處出版並連載，張愛玲在序文中坦承自己「愛好真實到了迷信的程度」，而從張愛玲小說中的人物，處處可見的，其親朋好友的縮影，我們實在無理由推翻張愛玲在〈序〉中所說的，《赤地之戀》是根據真人真事的說法。

二、張愛玲《赤地之戀》

《赤地之戀》以近三分之一的篇幅，描繪大陸西北地區土改的情況，西北地區民性剛強，易激動的個性，成為中共用來鼓動風潮的弱點，流血鬥爭也最厲害；「土改」改不來時，「高層」只好在理想幻滅後，走鬥爭人民的路線；「三反」也就順理成章的，由農村到都市，熱鬧上場，特別是在上海，《赤地之戀》藉由男主角劉荃的心、口、眼、手，讓讀者看到了「走私布爾喬亞毒素的罪人繼續想當炮製國家神話的聖手。」[4]

---

[3] 黃碧端，〈張愛玲的冷眼與熱情〉，《聯合文學》第 12 期 12 卷，頁 18。

[4] 水晶，〈《秧歌》的好與壞〉，《張愛玲未完─解讀張愛玲的作品》，頁 148。

（一）土改記實

　　劉荃，一個滿腦子革命熱情，連在卡車上嬉打笑鬧都怕被人誤會成是在搞男女關係，怕會給「領導」有不好印像的大學生，在一槍之後連著兩槍，「疑似」親手解決了他所寄宿的，中農地主唐占魁之後，劉荃還自我安慰的想成是自己早一點替他解決了痛苦；事成後，在縣黨部招待大家吃炸醬麵時，想到槍殺唐占魁的畫面，劉荃心裡一翻把麵給吐了出來，卻還對其他人說是自己不小心吃進了蒼蠅；事後他目睹唐占魁家那口棕黃色，邊上缺了塊釉的水缸，被孫全貴喜孜孜的，用麻繩左一道右一道綑好，拿起扁擔挑走後，「他突然覺得一切的理論都變成了空言，眼前明擺著的事實，這只是殺人越貨。」[5]

　　在近百頁的土改悲劇中，隨著劉荃聽著唐占魁滔滔不絕（唐占魁本是個沉默寡言的人），說他的地是怎麼從楊家不成材的子弟手上零碎置進；以及唐占魁細數每塊地的「歷史」及「個性」；地主「三獻」（獻壞、獻遠、獻少）時，唐占魁努力想討好也討好不了的黨工機器；到下鄉的大學生「三同」（同吃、同住、同工作）的不齊心，怕聚在一起說話，會被幹部當成是「鬧小圈子主義」，張愛玲透過中農階級的唐占魁，與剛下鄉的大學生劉荃，把隨處存在著的，「不經意的恐怖」，一步步把土改的真相帶出來：

───────────

[5]　張愛玲，《赤地之戀》，（臺北：皇冠出版有限公司，1998 年），頁76。以下內文所引，均只註明頁數。

鬥爭對象逐個被牽上臺去，由苦主輪流上去鬥爭他們。
如夢的陽光照在臺上，也和往年演戲的時候一樣，只是
今年這班子行頭特別襤褸些。（頁 59）

針對「行頭特別襤褸」的地主們所舉辦的鬥爭大會，才只是
土改的序幕，接下來的「挖底財」、「分浮財」、算「果實
帳」[6]，才讓土改幕後的「大黑手」，慢慢伸出來；張愛玲
先是藉由「革命老油子」張勵之口，在大家面對韓廷榜夫婦
受刑前，對所有人等加以「心理建設」：

> 我們不是片面的人道主義者。毛主席說得好：「革命不
> 是請客吃飯，不是作文章，……那樣溫良恭儉讓。革
> 命是一個階級推翻另一個階級的暴烈行動。
> 每一個農村都必須造成一個短時期的恐怖現象，非如此
> 決不能鎮壓農村反革命派的活動，決不能打倒紳權。」
> 我們要記著毛主席的話：「矯枉必須過正，不過正不足
> 以矯枉。」（頁 83）

純樸的韓家坨農民，聽了「革命老油子」這番引述毛主席：
「矯枉必須過正。」的慷慨陳詞後，帶著「有點慄慄的」、
「稚氣的好奇心」、「興奮緊張與神秘感」（頁 84），如
同被集體催眠一般，大夥兒齊心想像著不久之後，呈現在眾
人眼前的，國家版的「美麗新世界」。

---

6 「挖底財」，指挖出埋在床底、樹底……的各種可稱之為「財物」的
　東西；「分浮財」，指農民被強說成是地主後，家裡的傢俱日用品，
　想瓜分的幹部會先出具「物品」調查單，此清單謂之「浮財」；算「果
　實帳」，指鬥爭查抄出來的糧食呈報鄉政府，而幹部通常借此趁機大
　撈肥水。

　　劉荃在目睹已懷有七、八個月身孕的地主韓廷榜之妻被「吊半邊豬」：「高掛的撕裂了的身體，在寂靜中：聽到一種奇異的輕柔而又沉重的聲音，像是鴨蹼踏在淺水裡，汩汩作聲。」（頁88）而韓廷榜也被處以「碾地滾子」的刑罰：騾車後的樹樁上有他灰黑色的破衣布條；布條上黏著的灰白色的東西是他的皮膚；另外，「一棵樹樁上掛著一搭子柔軟黏膩的紅鮮鮮的東西，像是扯爛的腸子。」（頁90）龍應台形容張愛玲寫悲慟：

> 像個冷血的外科醫生，把病體剖開，挑出埋伏在鮮血中蠕動的器官，微笑著一刀切下，不經意的隨手一拋，清潔溜溜。可是愈是不經意，中間透出來的恐怖愈是令人不寒而慄。[7]

地主韓廷榜和他即將分娩的妻子，被處以「碾地滾子」、「吊半邊豬」的慘狀，劉荃和女主角黃絹全程目睹，眼前屍骨不全、血肉橫飛的畫面，加速了倆人愛情的濃度，開始了永不分開的共識；愛情使人變得軟弱的同時，也使人變得勇敢；劉荃決意和黃絹私定終身，這是劉荃在土改期間，唯一表現出來的「勇敢」。

　　高行健描述土改之後的情形是：

> 一個死絕的村落，沒有人再去落戶，全部頹敗腐朽了，看不出一丁點當年大躍進的痕跡。那年打下的糧食全交

---

[7] 龍應台，〈一支淡淡的哀歌——評張愛玲《秧歌》〉，《龍應台評小說》（台北：爾雅出版，1986年），頁101。

上去了，一村人餓得都成了死鬼，也包括村裡的黨支部書記，哪想得到黨不僅撒手不管，縣城的汽車站都有人把守，嚴禁外出流竄討飯。再說，城裡人糧食也都定量，要飯也無門。這山裡大一些的孩子都記得挖過葛根充饑，拉屎得屁眼朝上，小孩子互相用棍子撥弄，葛粉結的屎球硬得像石子，拉回屎十分疼痛。[8]

《赤地之戀》呈現的土改記實，可為高行健土改後的描述補白；若不是耳聞目睹，張愛玲想也難以捏造這種「不經意的恐怖」；而襯托這種「不經意的恐怖」，是在韓家坨，唯一溫馨的畫面——劉荃與唐占魁女兒二妞的那段「純純的愛」。張愛玲在這個生得「鵝蛋臉」、「單眼皮」、「長睫毛」、側面看來有東方美的二妞身上，花了比女主角黃絹還多的篇幅。

劉荃是個城市鄉巴佬，初到韓家坨，因不識棗樹與綠豆田而差點迷路，劉荃還以城裡人的腦袋硬想：用棗樹與綠豆田來做標幟，是很靠不住的。（頁22）劉荃與二妞的親近，就從她教他識得棗樹與綠豆田之後，開始持續加溫。

她為他，戴上花對著水缸「照花」；他當她是尊「發出金色光澤的古豔的黃楊木雕像。」看到不知呆了幾回（頁24）；他被她蹲在小河溝上的石板洗衣服時，露出的「金黃色的圓圓的手臂」吸引；接著，在離她沒幾步的，望著「像雞蛋清裡的一縷縷蛋黃一樣」的河水而大發其呆；她發現他的發呆，而掉了棒槌，他為了追棒槌而濕了褲腳，引來同學

---

[8] 高行健，《一個人的聖經》，頁365。

們齊說:「人家地主沒投河,你這土改工作隊員倒投了河!」惹得她當晚「……把頭抵在他(唐占魁)肩膀上,用力的揉搓著,她今天彷彿特別高興,對於她父親也突然像是愛戀得無法可想。」二妞如詩如夢般的十七歲,「劉荃越是看見他們那融融洩洩的樣子,越是心裡十分難受。」(頁42~46)當時的劉荃,早已心知肚明不久後即將展開逮捕唐占魁的行動,嘴上卻是「紋風不動」,愛情使人「軟弱」,得看是否跟眼下的利害相關。

　　劉荃為了取回僅有的,二妞剛幫他洗好晾上的一套衣服,劉荃心想「怕被捲入了不好看」,不得不在倉皇逃逸中又折返,迎面碰上街坊民兵來逮人,「……二妞牽著他那制服上的一隻袖子,彷彿拿它當作他的手臂,把額角抵在那袖子上,發急的揉搓著。」一見劉荃,「……本能的把手一縮,……隨即又忘其所以地拉住他的手臂,顫聲叫著:『劉同志!你救救我爹!』……」那衣服,「……扯來扯去再也扯不下來,……原來衣服上的一排鈕子全都扣著,……」他一個個的解鈕,二妞在旁呆呆的向他望,「她的臉在月光中是個淡藍色的面具,兩隻眼珠子像兩顆圓而大的銀色薄殼玻璃珠。」(頁55~56)二妞的「玻璃珠子」,看清楚的是愛情幻滅的同時,是一己的家破人亡。

　　劉荃離開韓家坨前,對蹲在紅薯田裡的二妞說:「還好嗎?我一直惦記著。」二妞漠然的用十隻手指挖掘著(農具早被搜去當「浮財」分了),「我現在馬上就要走了,不回來了。」她十隻手指插入頭髮裡艱難的爬梳著,一手的泥全抹上去;在劉荃看到棗子而終於認出來是棗樹時說道:「年

紀這樣輕的人，不要灰心。」她聽後隨即流下兩行淚。「妳自己保重。」（頁 95）她點點頭笑一笑，露出「挖底財」時被打出的白牙齒旁的黑缺口。二妞，劉荃那雙努力「炮製國家神話的聖手」，絲毫無力維護的「古豔的黃楊木雕像」！

（二）上海風雲

　　劉荃離開韓家坨後，往上海的途中，列車正「鶯聲嚦嚦歡天喜地地慶祝安渡黃河鐵橋」（頁 99），「革命老油子」張勵，鄭而重之的對劉荃介紹一路上打著哈欠，提著水壺，為乘客們斟茶「壓驚」，神情委頓的青年：

> 今天白天走過的一個小站，你看見沒有那黑板報，表揚這條路上的乘務員，愛國加班，連續工作 27 小時以上的，不算一回事；30 小時以上的，從月初算起有 3 次，35 小時以上的有兩次，他滿意的背誦著：「甚至於有 39 小時的。」（頁 100）

張勵說著說著，就在他被這位被迫「愛國加班」的乘務員，澆上一腿子一腳背的滾燙熱水後，「頓時粉碎了他的鋼鐵意志」，在懷疑乘務員「準是特務」後（頁 100），張勵說出了具有人性的話：

> 什麼愛國加班、突擊加班、競賽加班、義務加班、無限制地拖長工時，闖出禍來誰負責？領導上只曉得要求「消滅事故」，照這樣怎麼能不出事？乘客的生命安全一點保障也沒有！（頁 101）

張勵「傷後吐真言」，顯然不夠「老油」；喜歡在書中提及
黑格爾的大陸已故作家王小波，曾有段發人深思的話：

> 黑格爾說過，你一定要一步步地才能瞭解一個時代，一
> 步步甚為重要。但是說到革命時期的事，瞭解是永遠
> 談不上的。一步步只能使你感到下次發生的事不很突
> 兀。[9]

張勵如此「突兀」地大告其狀，聽在一步步邁向革命坦途的
劉荃耳裡，輪軌聲「於單調中也顯得很悅耳」（頁 102）。
劉荃在面對上級安排他到上海參加「抗美援朝」工作，和
黃絹已經有過相守的承諾後，劉荃開始有了「上進」的念
頭。[10]劉荃的「忠貞愛國」，在韓家坨，並未隨著土改的醜
惡事實而有「敗逃」的趨勢，反而因此急速膨脹。

　　在五十萬人次的「五一大遊行」中，「老笑話」[11]行列
裡的人們，「大家一步拖一步」，「時而向地下吐口痰，像
大出喪的行列裡雇來的乞丐。」「乞丐們」苦笑中帶著滿意
的神情，是劉荃所憎惡的「阿Q」。而在「老笑話」以及「陳
師母送雨衣」的隊伍插曲──大夥兒口頭上「吃陳師母豆腐」
時，所呈現的真實人生的真實人性，使劉荃有股「難堪的空

---

[9]　王小波，〈革命時期的愛情〉，《黃金時代》（下）（台北：風雲時
代出版，1992 年），頁 104。下引版本同。
[10]　工作上有好表現，一步步升遷到團幹部，就可以擁有結婚的權利。
[11]　「老笑話」的內容是：「說自從共產黨來了，每一次大遊行都碰到雨
天。學習小組裡早已指出了這是一種要不得的『變天思想』，分明是
說老天與共產黨不合作，共產黨一定站不長的。」《赤地之戀》，頁
123。

虛。」（頁 124~125）劉荃似乎嗅到了腐朽的味道，在令人感到無比渺小的，難以與之同夢的上海。

劉荃到任的第一件差事，就是修改納粹的暴行照片，成為美軍的暴行照片；上級藉此「偷天換日」的手法，目的是要暴露帝國主義的本質。「為了國家正義，積非當然可以成是。」[12]與此同時，「三反」正在各大都市如火如荼展開；劉荃在帶有野餐性質的「五一大遊行」中淋雨回來，疑似染上肺病後，還想到：「個個幹部身上都生臭蟲，就稱臭蟲為革命蟲；那麼肺癆菌應當叫做「解放菌」。」（頁 125）劉荃直到從醫院回家的路上，聽到了丈夫快死之前還遺言要把孩子統統送給國家的鄭太太，與盧太太倆人之間的對話後[13]，劉荃想著：

> 「我也和這老婦人的兒子一樣，」劉荃想：「我們是幸運的，國家『要』我們。
>
> 現在全中國這樣無家的青年總不止幾千萬，都是把全生命獻給政府的。中國是什麼都缺，只有生命是廉價的。廉價的東西也的確是不經用。」他悲憤地想：「許多人都是很快地就生了肺病，馬上給扔到垃圾堆上去。」（頁 127）

劉荃很聰明的光「想」著，沒敢說出半句心裡話，若不小心一句話打溜，環伺四周的「匪類」怕不掀翻了眼，他們只等

---

[12] 水晶，〈《秧歌》的好與壞〉，頁 147。
[13] 盧太太的兒子年僅十七、八，病回家來，補好了身體就走人，又病回來，一心只想為國家賣 N 次命。

著別人犯下思想錯誤，自家好雞犬升天；對於這個可以讓自己青雲直上的妙招，高行健好有一比：

> 一個巨大無邊的棋盤，輸贏都不由棋子決定，暗中操作的是棋手，一顆棋子想有自己的意志，不肯糊里糊塗被吃掉，豈不在發瘋？」[14]

高行健的這番體認，是連穿衣吃飯全都變了樣的知識份子，心中多少會有的共識。劉荃在舉目無親的上海，與革命革出的肺病「同病相憐」的同時，解放日報的編輯戈珊，長得「明豔的圓臉」、「杏仁的眼睛」、「像一個演電影或是演話劇的」、「眉稍眼角也帶著一些秋意。」（頁104）她負責教劉荃怎麼做假照片；戈珊在陸志豪心中，是個「神秘英勇浪漫的女鬥士」（頁137），在「什麼都不便宜，就是女人便宜。」（頁133）的上海灘，陸志豪甘願為了她的肺病，債台高築也要用上好醫藥把她「供」在家裡，卻仍無法滿足她要的「那種能夠毀滅她的蝕骨的歡情。」（頁137）

當劉荃對「假照片」的用途有些不以為然時，戈珊「用空濛的眼睛淡淡的望著他。『你也許覺得，這跟帝國主義的欺騙造謠有什麼分別。』」（頁106）「以前在蘇北搞過工作」（頁134），「眼睛會說世界話」的「破鞋」（頁148），「情報網既深入又正確」（頁151）的戈珊，她看準了劉荃沒膽，她深諳毛澤東的：「凡是敵人反對的我們就要擁護，凡是敵人擁護的我們就要反對。」的「黑（黑格爾）版理論」，

---

[14] 高行健，《一個人的聖經》，頁225。

動不動就抬出馬恩列斯，把愛人陸志豪訓上一頓（頁 134）。她把她要的「能夠毀滅她的蝕骨的歡情」寄託並鎖定在劉荃身上，在做了劉荃的「夏娃」之後，劉荃就被戈珊給「性愛坦白」了出來，劉荃從此成了「革命老油子」張勵的懷恨目標，在「三反」中被整肅[15]，劉荃「中了頭彩」[16]，而戈珊這位「神秘英勇浪漫的女鬥士」，以一石兩鳥之計，輕易的把前來營救劉荃的黃絹，「騙」給了申凱夫當情婦，換來劉荃的自由。

劉荃在一天到晚和戈刪私膩著的時候，偶爾也有想到黃絹，他心裡感到說不出來的慚愧，但是，矛盾多到讓他不願意去多想，劉荃以「蝨多不癢，債多不愁。」（頁 143~144）來自我開脫。王小波對革命時期的性愛，他的看法是：

> 在革命時期有關性愛也沒有一個完整的邏輯。有革命的性愛，起源於革命青春戰鬥友誼；有不革命的性愛，那就是受到資產階級思想的腐蝕和階級敵人的引誘，幹出苟且的事來。……一種性愛不涉及革命／不革命，那麼必定層次很低。[17]

---

[15] 「三反」指：反貪污、反浪費、反官僚主義。對象是非黨員、近千萬的中層幹部。

[16] 「中頭彩」，就是「無路可逃」。王小波的解釋是：「一個人在何時何地中頭彩，是命裡注定的事。在你沒中它的時候，總會覺得可以把它躲掉。等到它掉到你的頭上，才知道它是躲不掉的。」王小波，〈革命時期的愛情〉，《黃金時代》（下），頁 155。

[17] 王小波，〈革命時期的愛情〉，《黃金時代》（下），頁 178~179。

以王小波的標準，顯然劉荃的「層次」不低，劉荃心想著：
「少女是光，婦人是溫暖。」來滿足自己想要的一點「溫暖」
（頁152），劉荃避不開戈珊這個「患了癆病的女色鬼」[14]，
明知「他就是在她裡面生了根，她也仍舊是出牆紅杏」，「這
使他更瘋狂地要佔有她。」（頁155~156）劉荃想得到「溫
暖」的下場，卻是黃絹為了換得劉荃一條生路，出人意表的
「愛到最高點」——把自己賣給了「高層」，還不知被騙；
在劉荃受趙楚案子牽連被判死刑後，「張愛玲借了莎劇『以
牙還牙』一個情節的反面，來強調在這個人心澆漓的時代，
忠誠與愛情是仍然存在的。」[18]黃絹絲毫不在乎劉荃有意壓
低聲說著：「列寧說的：『共產黨人的和平，不是和平主義
的和平——是徹底消滅敵人的和平。』」（頁163）或是
劉荃無心說出的：「不是有這麼一個迷信：下雨天遇見的人
一定會成為『朋友』。」[19]（頁165）黃絹偏就是不跟劉荃
「認生」，在劉荃「矢口否認有貪污情事」、「自己至多一
死，不能再去害別人」（頁208），一心還等著去當「嚇猴
子的雞時」，此時的劉荃，不知黃絹已是準備為他犧牲，心
裡還奇怪戈珊「居然這麼大量，竟去替黃絹設法取得『特別
接見』的權利」，最後總算直覺感到：黃絹是來和他訣別的。
（頁210~211）

　　出獄後的劉荃，「志願支前」，成了真正第一個支援韓
戰的志願軍，他還想到：「作家魏巍寫了一篇歌頌志願軍的

---

[18] 夏志清著、劉紹銘譯，〈張愛玲的《赤地之戀》〉（上）《中國時報》，
海外專欄版，1972年8月2日。下引版本同。

[19] 劉荃與黃絹第一次見面，下鄉土改的那天也是下大雨。

『誰是最可愛的人？』假使他知道真正的答案只是一個三反期間幾乎被槍斃的我，大概會覺得爽然。」他不禁微笑起來（頁224），劉荃是否開始要「反共」，至此仍很令人起疑；一直到他在九死一生下，被救回釜山的戰俘醫院，對一位聽到軍中的反宣傳，心裡就一直以為聯軍醫生是「故意」要鋸掉他一隻腿的戰俘，安靜的說出：「我是中國人」，「可是我不是共產黨」，就在那位戰俘喊完「打倒帝國主義」，「共產黨萬歲」，並罵劉荃：「媽的，你這帝國主義的走狗」之後（頁237），劉荃心裡才真的是「爽然」。

在由印軍負責的「解釋帳篷」裡，一千個華籍反共戰俘只有二十個被說服回大陸，在劉荃唯一「同心」的兄弟，戰時給了他五塊餅乾一泡尿，救了他一命的葉景奎說出「我要回臺灣」後（頁251），張愛玲寫劉荃的最後抉擇是：

> 他要回大陸去，離開這裡的戰俘，回到另一個俘虜群裡。只要有他這樣一個人在他們之間，共產黨就永遠不能放心。（頁253）

「面對自己」，得具備非凡的勇氣，劉荃明知「反共戰俘回去是要遇到慘酷的報復」，張愛玲卻安排他再次的「羊入虎口」，因為相信他「學乖了」，「不會是永遠一個人」，「一個人可以學會與死亡一同生活，看慣了它的臉也就不覺得它可怕。」（頁254）張愛玲此番交代，不免使「鴛鴦蝴蝶派」的讀者心想：《赤地之戀》若如張愛玲在自序中所言，是「真人真事」的話，劉荃的「我要回去」，若是為了黃絹的話，也許劉荃就可以像最後一次從戈珊處出來，在國際飯店附

近，想「把紅旗射下來」一樣[20]，每天裡「憶苦思甜」，重新蓄積他尋找「光與溫暖」的原力。

　　黃絹也好，二妞也罷，劉荃「信仰不堅」的個性，是無法向老天要到再一次「面對原罪」的機會，如果他回大陸的「原鄉情懷」，是真的有心要「變天」的話，王小波的話倒是可以讓無數與劉荃遭遇相近的人，好好的想上一想：

> 天下三分之二的受苦人，你知道他們是誰嗎？天下三分
> 之二的受苦人，你知道他們受的是什麼苦嗎？正如毛主
> 席所說，世上沒有無緣無故的愛，也沒有無緣無故的恨。
> 你什麼都不知道就為他們而死，不覺得有些肉麻嗎？[21]

在革命時期的王小波，公共汽車見了老太太都不讓坐，恐怕她是個地主婆；對三歲小孩也不敢得罪，恐怕他會上哪裡告一狀[22]，王小波是真正的「過來人」，如同劉荃，如同張愛玲。

三、結語

　　張愛玲未舉行公開儀式的丈夫胡蘭成，1943 年任汪精衛維新政府宣傳部政務次長，於流亡時另結新歡，張愛玲的

---

[20] 劉荃出獄後向戈珊打聽黃絹的下落，看到「衣架上晾著一條淡紅色的絲質三角褲。在戈珊的房裡，這似乎是一種肉慾的旗幟。」《赤地之戀》，頁 129。紅色內褲，在王小波眼中是「童貞」的象徵：「是一種勝利，標誌著階級敵人還沒有得逞。」王小波，〈革命時期的愛情〉，《黃金時代》（下），頁 173。

[21] 王小波，〈似水流年〉，《黃金時代》（上），頁 245。

[22] 王小波，〈似水流年〉，《黃金時代》（下），頁 47。

銘心之痛，表現在上海小報，沒有用真實姓名發表的中篇小說〈鬱金香〉[23]；1946 年，因胡蘭成之故，張愛玲被上海小報指為「文化漢奸」；1949 年，旅居日本的胡蘭成，直到逝世前（1981 年）的生活費，大半來自張愛玲的支助；《赤地之戀》是張愛玲得知胡蘭成有二心，深陷情傷之後的鉅作。張愛玲在 1969 年，經陳世驤教授推薦，任職於加州柏克萊大學「中國研究中心」，工作的內容是蒐集研究中共的「宣傳語彙」，由張愛玲《赤地之戀》一書所展現的功力，放眼當時，的確沒有比張愛玲更適合替美國寫中共「宣傳語彙」的人選。張愛玲 1946 年被罵為「文化漢奸」，1954 年出版《赤地之戀》，在香港遙想故國的張愛玲，於「原鄉情懷」的觸媒下，很單純的，只想一肩挑起身為一個知識份子無法避免的「原罪」（指「立言」一事，即寫作《赤地之戀》一書），讀者大可不必將《赤地之戀》視為反共之作，因為，直到 1995 年去世前，世人眼中的張愛玲，仍是個不喜被「得知」的，堅決的「幽居者」。

本文刊登於國立暨南國際大學，《暨大電子雜誌》第 34 期，2006 年 1 月。

---

[23] 見《聯合副刊》，2005 年 11 月 7 日~11 月 10 日連載。

消失的特爾提克——唐望的巫士世界

前言

　　墨西哥地區的古代民族，「奧秘」的接受者與保存者，被稱為「特爾提克」（Toltec），第二十七代的領導人唐望，在重視心靈環保、心靈救濟的七〇年代，提供了一條一般人很難相信，而有心人願意嘗試去相信，並予以實踐的自我覺醒之路。時代週刊於一九七三年三月，以封面專題報導卡斯塔尼達的故事[1]，把他追隨唐望學習巫術的過程，視為一種

---

[1]　有關卡羅斯・卡斯塔尼達向唐望學習的系列著作如下：《巫士唐望的教誨》（THE TEACHINGS OF DON JUAN —A Yaqui Way of Knowledge）台北：張老師文化事業公司，1998 年。《解離的真實——與巫士唐望的對話》（A SEPARATE REALITY —Further Conversations with Don Juan ）台北：張老師文化事業公司，1999 年。《巫士唐望的世界》（原譯《新世界之旅》）（JOURNEY TO IXTLAN）台北：張老師文化事業公司，1997 年。《力量的傳奇》（Tales of Power）（台北：方智出版社，1996 年。《巫士的傳承》（The Second Ring Power）台北：方智出版社，1997 年。《老鷹的贈予》（The Eagle's Gift）台北：方智出版社，1997 年。《內在的火焰》（The Fire from Within）台北：方智出版社，1997 年。《寂靜的知識》（The Power of Silence）台北：方智出版社，1996 年。《做夢的藝術》（The art of dreaming）台北：方智出版社，1995 年。《戰士旅行者：巫士唐望的最終指引》（The Active

文化現象加以討論；一九七三年由卡斯塔尼達所引起的「唐望旋風」，直到今天仍在世界各地蔓延。

壹、進入未知的領航者

譯者（魯宓）於一九九八年二月[2]，在洛杉磯參加由卡斯塔尼達與唐望其他三位女門徒所舉辦的研習會[3]，研習會名稱為──Tensigrity 的訓練，是 Tense（強烈）與 integrity（堅實）二字的組合，此為建築工程的用語，意為「結構強度」，譯者尚未有適當的翻譯；這種訓練據譯者透露：他們（卡斯塔尼達與唐望其他三位女門徒）宣稱能使人在知覺上得到自由，能帶來青春與活力，能直接體驗到能量的流動；該研習會，兩天一場，有上千個從世界各地，肯花二百七十五美金的人們，不管是企圖與無限白頭偕老，或是與意識愛戀無盡，均可以想見卡斯塔尼達的「唐望世界」，對一般人的誘惑力非同小可。

Side of Infinity）台北：方智出版社，2000 年。下文所引均只註明書名及頁數。

[2] 譯者魯宓，從事藝術創作，遊學歐美，翻譯一系列唐望書是他閒暇時的熱愛。譯者在 1998 年 2 月參加研習會，卡羅斯·卡斯塔尼達於 4 月去世，消息在 6 月才公布。

一、當巫士遇見人類學家

當一個普通人準備好時，力量會提供一個老師給他，於
是他成為一個門徒。

當一個門徒準備好時，力量會提供給他一個恩人，於是
他成為一個巫士。[3]

（一）唐望與唐哲那羅

　　一九六○年夏天，卡羅斯‧卡斯塔尼達（Carlos
Castaneda）就讀於加州大學洛杉磯分校（UCLA）人類學系，
研究「美州印第安文化藥用植物」。在搜集論文資料的過
程中，透過朋友認識一位七十歲來自墨西哥索諾拉省
（Sonora）的亞奎族（Yaqui）巫士——唐望‧馬特斯（Don
Juan Matus）。[4]一九六一年六月，唐望決定收卡斯塔尼達為
門徒，時常跑墨西哥找唐望的卡斯塔尼達，生活起居大異常
人，連剛結婚的老婆都跟人跑了，最後因沒錢繳學費而被迫
休學，精神幾乎崩潰，一九六五年十月之後，卡斯塔尼達自
己中斷了兩年的學習[5]；後來，唐望教導他認識了古代墨西
哥巫士的「認知系統」，卡斯塔尼達的巫士生涯於此展開。

---

[3]　《力量的傳奇》，頁 224。
[4]　一八九一年唐望出生於墨西哥西南部，一九○○年，他的家人和成千
　　上萬的索諾拉印第安人，被墨西哥政府驅逐到墨西哥中部，一九四○
　　以前，唐望一直生活在墨西哥中部及南部。參見《巫士唐望的教誨》，
　　頁 40。
[5]　《解離的真實——與巫士唐望的對話‧序》，頁 9。

　　「認知系統」，是指負責日常生活的意識，其形成的種種過程，包括了記憶、經驗、知覺，以及對言語系統的專精使用，不同於現代心理學對「認知」的定義；古代墨西哥巫士的「認知系統」，是中斷感官資訊的詮釋系統，直接知覺到能量在宇宙的流動，能把人類「看見」成一團能量場，與宇宙中一團無法想像的，龐大的能量聚合有個別的連接[6]，唐望的教導使卡斯塔尼達這個非印第安人，成為該傳承的最後一位巫士團體的領導者，共花了十三年的時間。

　　住在唐望家附近的人都稱唐望為「巫魯荷」（brujo）[7]，西班牙文指的是懂醫術的人、治療師、巫士或法師，指擁有力量，通常是邪惡力量的人；唐望提及他的老師時，使用的字眼是「地阿布羅」（diablero）[8]，意為實施黑巫術的邪惡人物，有能力把自己變成動物，一隻鳥、一隻狗、一隻狼，或其他任何生物。「巫魯荷」與「地阿布羅」都是「特爾提克」時代的巫士[9]，到唐望已是第二十七代；巫士團體的領導者稱為 nagual[10]，在南美神話中的解釋是：具有某種神秘力量的精靈或守護神，多半令人敬畏；nagual 具有雙重意義：在抽象上象徵力量、真理、最終的不可知；而在具象上則代表巫士團體的領導者。唐望曾經表示他的目標是：「教

---

[6] 《巫士唐望的教誨》，頁11。
[7] 《巫士唐望的教誨》，頁35。
[8] 《巫士唐望的教誨》，頁36。
[9] 在人類學上，特爾提克是中南美洲那華族（Nahuatl）語系的文化，時間上要早於阿茲提克民族（Aztec），在西班牙人征服前便滅絕了。《巫士的傳承》，頁211。
[10] 為了避免以詞限意，原書作者保留其西班牙文不加音譯，譯者亦然。《老鷹的贈予》，頁19。

人如何成為一個智者」，他的知識與教導中，也包含著成為
「地阿布羅」的做法，那是古代巫士統治地球（七千年前到
三千年前），所遺留下來的偉大成就之一。

　　卡斯塔尼達的另一位老師——唐哲那羅・佛瑞斯（Don
Genaro Flores），是來自於墨西哥中部馬札提克族（Mazatec）
的印第安人，卡斯塔尼達稱他為「恩人」，唐哲那羅在唐望
眼中是「世上最完美的戰士」；唐哲那羅是個「做夢」大師，
夢中行動的次數之多，與日常的生活行動不相上下，慣於用
他的「替身」，向卡斯塔尼達展現「地阿布羅」，經常把卡
斯塔尼達嚇得目瞪口呆，唐哲那羅之所以被唐望認為是「世
上最完美的戰士」，是因為唐哲那羅移動「聚合點」
（assemblage point）的能力已臻化境。[11]

　　古代的巫士能「看見」人類的能量，明亮得像顆巨大的
蛋，巫士稱之為「明晰之蛋」。隨著時代的改變，現代的巫
士只偶爾看到像蛋形的人，唐望推想這種人也許比較接近古
代的人；大部份人類的能量，小到呈現球形或碑形。「聚合
點」是在明晰球體中，（比人體大很多，像個透明的「繭」），
一處極明亮的圓點，像網球般大小，嵌在明晰球體內部，表
面平貼，位置約在肩膀的高度，離背部約一臂之遙。古代巫
士「看見」無數的宇宙明亮纖維穿過明晰球體，其中只有少
數穿過聚合點，他們「看見」所有的生物都有這樣的亮點，
歸納出人類所有的「知覺」，必然都發生在那個明晰點上，
「聚合點」的移動越大，行為的改變也就越不尋常。

---

[11] 《做夢的藝術》，頁 20~21。

唐哲那羅移動「聚合點」的能力，以現代人的說法，就是能夠輕易的「變身」，身為卡斯塔尼達的「恩人」，唐哲那羅對於卡斯塔尼達人格上的影響，並不下於他的老師唐望，不管「老師」或「恩人」，其本身都必須是完美的戰士，也就是「智者」，唐望對「智者」的定義是：一個人能夠誠心追隨學習的艱苦，能不莽撞、不畏縮，盡自己全力去解開個人力量的奧秘[12]，如此的「智者」，才能去嘗試分裂一個人（他的門徒），打擊他「無能的理性」。[13]唐哲那羅是溫暖甜蜜而且滑稽；唐望是冷漠直接富有權威[14]，兩人都是可以同時身現兩地的「特爾提克」（具有變身能力的巫士），也都是 nagual（巫士團體的領導者）。

（二）卡羅斯・卡斯塔尼達（1925~1998）

卡斯塔尼達在一九五一年從祕魯移民到美國時已年過三十[15]，在秘魯學的是藝術，到美國做不成藝術家，改變主意想當老師，一九五九年申請進入加州大學洛杉磯分校人類學系就讀；他為論文找尋資料時，可以用流利的西班牙語和原住民溝通，在進行田野調查時認識了唐望，一九六一年成為唐望的門徒，一九六八年出版了他的論文──《巫士唐望的教誨》，該論文採現象學手法，忠實的報導服用知覺轉變性

---

[12] 《巫士唐望的世界》，頁 258。
[13] 《力量的傳奇》，頁 238、243。
[14] 《力量的傳奇》，頁 328。
[15] 卡斯塔尼達「年幼時與父母移民到美國」，是卡斯塔尼達自己的說法，實際記錄顯示他到美國是 1951 年（26 歲）。

植物後的各種實況，在當時，知識份子潛心於迷幻藥物的實驗，尋找正確使用迷幻藥物的途徑，卡斯塔尼達的研究主題──美州印第安文化藥用植物，可算是歪打誤撞，喚醒美國文化對原住民尚存的良知。唐望使用知覺轉變性植物，是不得已且次要的手段，隱藏於知覺轉變性植物背後，豐富而神秘的印第安傳統智慧，才是《巫士唐望的教誨》一書的大賣點。

　　卡斯塔尼達把《巫士唐望的教誨》給唐望過目，唐望毫無興趣，對卡斯塔尼達自動中斷了兩年的學習也不在意。一九七一年卡斯塔尼達出版他的第二本書──《解離的真實──與巫士唐望的對話》，放棄刻板的學術分析，著重於唐望的傳授以及他個人的感受，仍是一本「現象學」的手法，不帶任何評論。此時的卡斯塔尼達已不需依賴知覺轉變植物來擴大他對世界的知覺，他轉而回想起唐望對他人格改變的要求（當初因為與研究主題無關而被忽略），加上他的新心得，一九七二年出版他的第三本書──《巫士唐望的世界》，書中否認了他以往認為的，巫士世界只存在於被知覺改變的狀態中，真正的日常世界（或巫術世界），只是一種不知不覺學來，並一直以思想加以維持的慣性反應，要打破這種慣性，就必須從自身行為及基本的生活態度入手。[16]此後，卡斯塔尼達以巫術門徒及人類學家的雙重身份，每隔幾年就出版一本報導性的書，至一九九三年已出版了九本有關他個人學習巫術的書。[17]

---

[16] 參見譯者序，〈追尋自主的生命力量〉，《巫士唐望的教誨》，頁 18~21。
[17] 詳見註 1。

　　一九九八年四月卡斯塔尼達去世，三十多年的巫術生涯，時代週刊的名人訃聞欄的標題是：「卡羅斯‧卡斯塔尼達，死亡。」訃聞內容如下：

> 據說出生於一九二六年……，被描黑的人類學家，或極負原創力的小說家，視人們是否把他的巫術門徒生涯當真而定……，四月底因肝疾病逝於洛杉磯……。[18]

成為 nagual 的卡斯塔尼達，從未讓媒體捕捉到他的照片，終其一生未能如唐望及唐哲那羅一樣進入「無限」，成為「不死生物」，這不免使讀者懷疑：三十多年的巫術生涯未能使卡斯塔尼達的明晰體如蛋形的個中原因何在？是未能擁有「完美的戰士」，與生俱來、特有的四個明晰區域？（據唐望所言，卡斯塔尼達只有三個。）抑或有能力產生「替身」的卡斯塔尼達，仍未失去「人類形象」（失去自我重要感）？

二、進入「無限」的不死生物

（一）不死生物的秘密

　　1930 年代，奧地利的物理學家頗利（Wolfgang　Pauli）即預言微中子（Neutrino）的存在，經 1948 年物理學家甘模（G..Gammow）證實並命名，至今已發現一百多種，天文學

---

[18] 譯者序，〈卡斯塔尼達之死〉，《解離的真實——與巫士唐望的對話》，頁 7。

家認為微中子是兩千億年前的太空巨爆（Big　Bang）所釋放出來，是當前物理學界公認的一種空虛而無實質的輻射能，每秒以千兆粒從宇宙各方朝地球射來，因為它比電子小到二十至八百倍不等，無時不在穿射過我們的身體，由於它小到近於無形，只有在腦波很穩定的情況下，人類才能經由能量交換的形式，接收到微中子能量。[19]

　　對於所有的「必死生物」，唐望提供了一條「戰士之道」——拒絕成為「巨鷹」的食物。古墨西哥巫士「看見」宇宙是由明亮纖維的能量場所構成，他們「看見」億兆萬條纖維，也「看見」那些能量場形成明晰纖維的河流，成為宇宙中持續不斷的力量潮流。他們稱之為「黑暗的意識海洋」、「巨鷹」，傳承唐望一派的巫士則稱之為「無限」、「力量」。[20]唐望說：

> 任何生物，以自己的方式與權力，都可以擁有保持意識火燄的力量；不服從死亡召喚，拒絕被吞噬的力量。所有生物都被允許了這種力量，只要願意，去尋找自由的開口穿過去。對能看見開口的看見者，以及穿過開口的生物而言，巨鷹這項贈予的用意十分明顯，它是為了要永遠保存意識。[21]

---

[19] 參見楊憲東，《大破譯‧科學破解輪迴、死亡、飛碟、易經、佛經之謎》（台北：宇河文化出版公司，1996 年），頁 261。下引版本同。

[20] 《戰士旅行者》，頁 171~172、90。

[21] 《老鷹的贈予》，頁 123、205。

唐望所謂的「開口」，筆者認為，應是通往其他世界的一扇門，是個「力量」之處；在中國南少林的達摩洞、山東嶗山頂的張三丰洞、華山白雲峰下的虛皇古洞，都是吸收微中子的最佳天然地形[22]；這些「自由的開口」，對居於其中的修道者而言，是通往其他「世界」的門戶，是「意識」（能量）的最大交換站；為生活於其中的生物（修道者），帶來意識（能量）的「巨鷹」（又稱為「黑暗意識海洋」），卻是專門吞噬「意識」，它所「享用」的，正是一個人死亡時消散的「意識」；為了避免個人的「意識」被吞噬，巫士的當務之急，就是致力於發展自身的注意力，也就是察覺一己的「明晰體」。

　　唐望為了解釋如何用知覺去察覺人類的「明晰體」，他把意識分成三部分：1、第一注意力：常人為了應付日常世界所發展出來的注意力，包括肉體意識。2、第二注意力：察覺明晰體的意識，在活著時通常都隱身於幕後，只有經過刻意的訓練，如巫士的訓練；或意外的創傷，如重大車禍，明晰體的意識才會浮現。3、第三注意力：一種無法衡量的意識，包括肉體意識與明晰意識無法解釋的部分。[23]一個人若是進入第三注意力，被能量所燃燒的身體裡的每一個細胞，會在剎那間意識到自身的完整；能意識到自身完整者，就是一個「戰士」，身為戰士的首要目標就是：身在第二注意力的戰場，去追求第三注意力的訓練場，也就是保有不潰

---

[22] 《大破譯・科學破解輪迴、死亡、飛碟、易經、佛經之謎》，頁241。
[23] 《老鷹的贈予》，頁34。

散的意識，如此才可望擁有一個具體的「來生」，最後成為不死的生物。

（二）古代看見者與新看見者

　　唐望把「意識」解釋為能量，把「能量」解釋為一種持續的流動，一種明晰的波動，是永遠不會靜止下來，永遠有自己的律動。能把人類「看見」成明晰球體（或明晰蛋體），有能力直接知覺能量在宇宙中流動的巫士，他的挑戰是去面對無限，他的渴望是去覺察無限：

> 做一個巫士，不是指練習魔法，或設法影響他人，或被邪魔附身。巫士是表示能到達某種意識層次，接觸到不可思議的事物。「巫術」這個字眼不足以表達巫士的作為，「巫醫」這個字眼也不行。巫士的作為完全屬於抽象、不具人性的領域。[24]

當巫士用到本身所有的能量去統合死亡，過程是讓整個身體變成具有完整意識的能量，變成了既獨特又快速的「無機生物」，具有驚人的控制知覺能力，「無限」是他們的行動領域，古代巫士相信這種「無機生物」的意識與地球一樣長久，稱他們為「產生能量的結構」、「死亡拒絕者」、「租借者」，他們保有不潰散的意識，能與天地同壽，是特爾提克時期所謂的「看見者」（即古代巫士），他們會向每一代的 Nagual

---

[24] 《戰士旅行者》，頁 87。

借用能量來引入自己的「縫隙」[25]，「縫隙」的位置是在明晰繭上肚臍的高度，是一個凹痕狀的天然缺陷，當「聚合點」由於情緒創痛或肉體疾病的緣故，產生劇烈移動時，「巨鷹」放射以類似「滾球」的力量，造成與繭一般長的裂縫，能量繭就會塌陷、蜷縮起來，個體就會死亡，死亡就是「滾球的力量」，明晰生物的裂縫衰弱時，「死亡」就會打破明晰繭，必需關上「縫隙」，才能使自己不被「巨鷹」吞噬，唐望的太老師曾為「巨鷹」取了個「租借者」的綽號，因為 Nagual 給他能量，像是出租房子，而「租借者」用知識及恩惠來償付房租，那些知識及恩惠，包括可以啟動或停頓本身明晰繭內的放射，使 Nagual 能隨心所欲地變老或變年輕[26]，這些古代巫士就以這種方式，無形中維持了「巫士的傳承」。

慣於把自己的肉體傳送到無機生物世界的巫士，在特爾提克時期由北到南，散佈於墨西哥灣，這些巫士在接觸能夠改變知覺的力量植物達數世紀之後[27]，學會了「看見」，當中最有企圖心的人，藉由服食力量植物，開始教導其他人「看見」的知識，「穿過世界在晝夜交接時的裂縫，進入一個不僅是不同於人類世界，而且有著完全不同的秩序的現實。」[28]隨著「看見者」人數的增加，以充滿了崇敬與恐懼

---

[25] 《內在的火焰》，頁 257。

[26] 《內在的火焰》，頁 287。

[27] 在唐望的敘述中共有三種：1、培藥特（Peyote 即 Lophophora williamsii 一種仙人掌的果實）2、魔鬼草（一名金生草）（Jimson weed 即 Datura inoxia syn. D. meteloides 一種曼陀羅植物）3、蘑菇（mushroom 可能是 Psilocybe mexicana）。

[28] 華特‧葛德史密特（Walter Goldschmiat），〈一條有心的道路〉，《巫

的心態，「看見者」耽溺於他們所看見的，這種執迷強烈到使大多數「看見者」不再是「智者」[29]；有些「古代看見者」發現，他們能夠與另一種世界的生物有著一對一的關係，這使他們虛假地感覺自身是刀槍不入、金剛不壞，因而注定了他們的滅絕。

正確地使用「看見」並教導其他的人「看見」的「智者」，唐望相信他們曾經指導了整個城市的人口，一起進入了其他的世界中，不再回來。[30]在秘魯的的喀喀湖畔的帝華納科城，傳說中擁有高度文明的「維拉科查人」（公元前一萬五千年），留下的古文明有：一、全世界最古老的語言——艾瑪拉語[31]，一九八〇年代，玻利維亞電腦專家伊凡・古茲曼（Ivan Guaman de Rojas）發現句法嚴謹，語意明確，毫無模稜兩可餘地的艾瑪拉語可以當成一種中介語言使用，透過電腦演算，一份文件的語言可以先翻譯成艾瑪拉語，再翻成其他任何一種語言；二、媲美現代的農耕技術，如：對含有毒素的瓜果解毒，以及在的的喀喀湖水面的土地上，開闢高低起伏的農田；三、納茲卡高原上的蜘蛛圖形；四、馬丘比丘城堡和薩克賽華神廟上的不可思議的石牆。以上是傳說中「踩著」太平洋的「海水」，神奇的消失在大海中，離開了家園

士唐望的教誨》，頁 27。

[29] 《內在的火焰》，頁 111。

[30] 《內在的火焰》，頁 25。

[31] 參見葛瑞姆・漢卡克（Graham Hancock）著、李永平譯，《上帝的指紋》（上）（台北：臺灣先智出版事業公司，1998 年），頁 140~141。下引版本同。

的人[32]，所留下的四項文明；這四項文明讓筆者聯想到，這應是住在秘魯的的喀喀湖畔的帝華納科城，能夠「看見」的「智者群」的傑作。

特爾提克時代被阿茲提克民族終結後，接著是西班牙的入侵[33]；唐望曾說，在十六世紀末，所有的 Nagual 都刻意隔離自己的團體與其他「看見者」作明顯的接觸，該時期嚴厲迫害人民的結果，巫士團體形成了單獨發展的傳承系列，唐望的系列曾經有過十四個 Nagual 及一百二十六個看見者，其中有些 Nagual 有七個、十一個、十五個不等的「看見者」追隨，一七二三年有一個外來的影響降臨，使得之後的八個 Nagual 與之前的六個 Nagual 有顯著的不同，個中原因唐望不願談論。在西班牙入侵後，少數倖存的巫士開始降低對力量植物的強調，把潛獵（第一注意力最偉大的成就）、作夢（第二注意力最偉大的成就）及意願（有意志地移動聚合點到事先決定的能量球體位置，把能量轉變成任何可能的事物），當作主要的訓練步驟，配合著不洩露作為，建立了自己的傳承系統；而對於所擁有的基本知識（巫術），以及蘊含在基本知識中的道理，卻早已遺失在特爾提克時代[34]，唐望說：

> 新看見者的最大貢獻，是他們對意識的神秘所做的解釋。他們濃縮成幾個觀念與行動，在門徒進入強化意識

---

[32] 《上帝的指紋》（上），頁 138~142。
[33] 《內在的火焰》，頁 27~28。
[34] 《內在的火焰》，頁 30。

> 後加以教導。……好處在於沒有人能記得強化意識下發
> 生的事。這種無法回憶的現象，對戰士是一種幾乎無法
> 跨越的障礙……，在經過了多年的努力及紀律之後，戰
> 士才能回憶起他們的教導……，具備了新看見者所期望
> 的力量。[35]

　　無法回憶的現象，與擁有透過做夢而產生的替身（分身），
對「新看見者」都是一種無法跨越的障礙，也正因此，以新
的方式來知覺世界，就成了想要成為不死生物的完美戰士，
一生無悔的挑戰。

貳、穿梭陰陽界

> 真正的神秘是知覺。不是我們去知覺什麼，而是什麼使
> 我們知覺。——唐望

　　巫士的傳承，發展出一套儲存能量的方法，是為了要見
識並相信其他的世界，最終的目的是意識的自由。有過休克
或瀕死經驗的人，對於「死去活來」的體驗，唐望對於「其
他世界」的描述，可提供另類思考。卡斯塔尼達在師事唐望
的過程中，用意願讓聚合點移開固定的位置，打斷聚合點配
合放射時（一般人因聚合點配合放射才有知覺），經驗到知

---

[35] 《內在的火焰》，頁30~31。

覺的暫時空白所出現的一陣霧[36]；在被唐望拍打右側的臀部
與肋骨之間，之後，卡斯塔尼達「飛」入了溫暖的、琥珀色
的無盡光芒中，見到了靜態的人類原始模型——上帝[37]；看
見人型的「上帝」或是一團光芒，決定於當時聚合點的移動
狀況；水平移動時，人類的原型就是人型；若是在人類能量
帶中央（頭頂至腳底的距離除以 2 的位置）移動，人類的原
型就是一團光芒，看見人類原型的位置十分接近做夢體（別
稱為「另一個」，可以同時身處二地，體驗到知覺的雙重性。）
與知覺界限（霧牆）的位置。

　　除了動態的霧牆與靜態的人類原始模型以外，對於意外
事件中，人們常經歷的「黑色隧道」（黑色世界），唐望對
其特性的描述如下：

　　　　那是最容易聚合的世界……，它不具有與我們世界相同
　　　　的時間放射。它們是不同的放射，造成不同的結果。進
　　　　入黑色世界的看見者會感覺他們在裡面待了一輩子，但
　　　　在我們的世界中只是一瞬間。[38]

在黑色世界裡「觀光」，自然是大不同於被老師有意「丟」
進去；唐望的恩人 Nagual 胡里安曾故意把他丟進去，他花
了好幾天才從黑色世界回來（唐望說他至少老了十歲）；另

---

[36] 唐望說可以以三種方式來看待：1、當作是知覺上的界限。2、感覺成
　　身體穿破一層紙。3、看見成一道「霧牆」。參見《內在的火焰》，頁
　　291~292。
[37] 據卡斯塔尼達自己說，他一生共有五次見到上帝。《內在的火焰》，
　　頁 303~304。
[38] 《內在的火焰》，頁 328。

一個門徒西維歐・曼紐耶卻在被丟進去後，用另外的巨型放射帶聚合出不同的世界，他消失了七年，回來後卻只感覺去了一會兒。空間扭曲後，原先距離遙遠的兩點才會變得很接近，愛因斯坦的廣義相對論──「萬有引力是時空扭曲所造成的」、「造成重力這種相的主體是空間的彎曲，空間的彎曲才是宇宙不變的真理。」解釋了中國古代「天上一日，人間十年。」以及現代實驗物理學所謂的，時間在黑洞核心凝固，剎那即永恆的時間延緩（或膨脹）現象，而在巫士的傳承過程當中，經歷空間的彎曲，有如家常便飯。

重力場所引起的「幻相」，在巫士世界中，不一樣的世界就有不一樣的時間及距離（造成不同的重力幻相），巫士用「意願」就可以進入各種不同的空間，其「穿梭陰陽界」的方法，若是未能使自己日後被意識燃燒（成為人類原型），就只有長期徘徊在黑色世界，成為「不由自主」型的無機生物；進入各種不同空間，主要的技巧有潛獵、做夢及意願，全都與「聚合點」的移動密不可分。

一、潛獵的藝術

古代巫士把對於超乎正常世界之外的一致性與一貫性的追求，統稱為知覺的「潛獵」。「一致性」是指：全人類的聚合點，都固定在同樣的位置上；「一貫性」是指：去知覺存在於「聚合點」的世界。[39]唐望說古代巫士看見小孩的

---

[39] 《做夢的藝術》，頁 94~96。

聚合點時常浮動，能自由的改變位置，因此認為聚合點的習慣位置，是由後天的習慣造成而非與生俱來；因為成人「固定」了「聚合點」的位置，所造成的特定知覺方式，成為詮釋感官訊息的系統，而小孩在成長的過程中，不可避免的，必須要努力調整「知覺」（聚合點的固定）來配合系統（眼見、耳聞）的要求；古代巫士確信要使平常人轉變成巫士，必須要反抗已經「約定俗成」的感官經驗，直接去知覺能量，這就是「潛獵的藝術」，亦即對於行為的控制，其步驟為：無情、機警、耐心及體貼；心境上要無情而迷人，機警而善良，耐心而主動，體貼而致命。唐望認為女人是天生的潛獵者，男人只有在裝扮成女人的情形下，才能真正學會「潛獵的藝術」[40]，其別稱有「隱匿的藝術」、「控制下的愚行」，是用來隔離一切事務，同時又維持於一切事務的核心中的一種「欺敵藝術」，是被西班牙人征服時期的「看見者」，所發展出來的潛獵策略，包括了六個相互影響的元素，其中五個被稱為戰士的特徵：控制、紀律、忍耐、適時（以上均用於已知的世界）以及意願（用於未知的世界），第六個是來自戰士本身以外的「小暴君」，一個有力量控制戰士生死，或只是騷擾戰士分心的人——一個對於已知世界的濫用者。[41]

要具有道德與美感，才能產生與個人無關的超然目標，「潛獵」因此成為巫士最困難的行為之一，首要原則當然要

---

[40] 《做夢的藝術》，頁93~94。

[41] 《內在的火焰》，頁38~41。

先潛獵自己──潛獵自己的弱點，包括各種貪、瞋、癡、慢、疑；而最神秘的「潛獵者的被潛獵」，則意味著刻意地從無機生物的領域中，吸取能量來實行一項巫術的任務──一趟用意識來做為媒介的能量旅行，衝破知覺的界限（霧牆），前往宇宙的邊緣。利用「聚合點」的激烈移動來儲存知識，得先要停頓自己的內在對話，讓隨後產生的動力，停留在經驗發生時，相同的聚合點位置，如此一來，巫士會重新經歷整個經驗，這種回憶，能喚回儲存於「聚合點」運動中的所有資料，一小時之內經歷了一輩子的生命，這種「生命回顧」，是戰士重新分配、安排能量的源頭活水。

二、做夢注意力

第二注意力是對所有世界的覺察，「做夢注意力」是對夢的覺察。在夢中，唐望認為存在著真實的能量交換，會有外來的陌生力量進入我們的夢中，意識經由做夢進入其他領域，其他領域也會派「斥候」進入我們的夢中；「斥候」是一種外來的陌生能量，一般人會在夢醒之後將它解釋為熟悉的或陌生的事物，它們有時候會物質化地出現在我們眼前的日常世界中，大多時候則是以隱形的方式，一種身體上的震動，像是一陣發自骨髓的寒顫來顯示它們的存在，古代巫士稱為「同盟」，現代看見者稱為「無機生物」。[42]

---

[42]《做夢的藝術》，頁 44、64。

當一個人夢見自己在睡覺時，就是「替身」（另一個自己）出現的時候。「做夢注意力」的培養，包括找出一個「力量之處」，而在夢中要不斷的回到該處；以及在夢中要「找到自己的手」並加以凝視；另外還有製作一條力量之物——頭帶（也可以是帽子或頭巾），以此大做強烈而生動的夢，目的只為了要移動「聚合點」，夢出「替身」，古代巫士從對人類能量的波動，看見了：

> 在平常的夢中，聚合點變得很容易會自己移動到明晰球體表面或內部新的位置上……，聚合點可以被移動到明晰球體的外部，進入宇宙能量的纖維中……，藉著紀律訓練，有可能在睡眠及平常的夢中，培養並實行一種有系統移動聚合點的能力。[43]

「替身」就是做夢者身體的完美複製，是明晰生物的能量，一種白色的虛幻放射，由第二注意力造成的立體影像，像世界上其他事物一樣的真實，第二注意力會把能量轉變成其他東西，最容易的做法是變成身體的影像，因為一般人在日常生活中，早就用第一注意力完全熟悉了自己的身體，把能量轉變成任何可能的事物的力量，被稱為「意願」，也就是：明晰生物可以經由「意願」轉變為任何事物[44]，其別稱為「做夢體」，或另一個「明亮的自己」，至此已達做夢的第三道關口。

---

[43] 《做夢的藝術》，頁34。
[44] 《老鷹的贈予》，頁39。

　　唐望說宇宙中所有流動的能量都有入口和出口，而在做夢中共有七道入口，感覺上像是障礙。[45]有關作夢的全部七道入口的描述，在所有有關唐望的書中可惜沒有完整的描述。宇宙中流動能量的入口和出口，是通往異次元的時空隧道，佛經上所謂的須彌世界，有點類似於物理學家所研究的「蟲洞」，是連接兩個世界的橋樑，形似沙漏，兩端開口，中呈腰鼓狀，為人間所在，往上朝四次元的天界，往下朝四次元的地獄界。[46]唐望說：「一旦學會夢出替身，就會明白其實是替身夢出了自我。」[47]，有趣的是，「莊周夢蝶」的「蝶」，在卡斯塔尼達的經驗中，「蝶」曾經是個「同盟」（另外還有「蛾」），不由得使人揣想「莊周夢蝶」的人、蝶難分，除了顯示莊子是個做夢大師外，還是個挑戰無限的戰士，唐望說：

> 當一個戰士達成了做夢與看見，並發展出替身時，他一定也成功的抹去個人歷史、自我重要感，及生活中的習慣性。[48]

唐望同時指出，不帶有意識的做夢體，女人較堅強，男人則較有占有慾；進入做夢的方法是集中注意力於腹部上方接近胸骨的頂端，而在夢中尋找（例如找自己的手）與行動的能

---

[45] 《做夢的藝術》，頁 37。
[46] 參見楊憲東，《大破譯・靈界通訊網路——與靈界溝通的科學方法》（台北：宇河文化出版公司，1996 年），頁 86。
[47] 《力量的傳奇》，頁 103。
[48] 《力量的傳奇》，頁 68。

量，則源自於肚臍下方一兩吋的地方（子宮）。[49]唐望書中
的傑出女門徒拉葛達，回憶唐望曾用鉛塊及鵝卵石放在她腹
部上，使她最後「失去了人類形像」；卡斯塔尼達描述他「失
去了人類形像」：一股帶有重量的壓力從頭——喉嚨——胸
部——胃部——生殖器——腿——腳，最後離開身體，是一
種「陌生的疏離感」、「無思其餘一切的能力」、「沒有任
何形式的期望」的戰士的概念——超然。[50]卡斯塔尼達也多
次說：「子宮是女人的第二個頭腦」，此或許說明了女性在
巫術上較男性占有優勢。

三、無私的意願

唐望形容戰士的日常生活，是不帶預期、突然出現的「意
願」：

> 把明晰體當成能量場的最大控制；或者可以描述為一種
> 有效率的狀態……，那是一種由身體中央部位發出的力
> 量，之前是一種絕對的寂靜，或純粹的恐懼，或深沉的
> 悲哀；但不會是快樂，因為快樂過於分心，無法給予戰
> 士必要的專注來把明晰體轉變成寂靜。[51]

---

[49] 《老鷹的贈予》，頁 164~165。
[50] 《老鷹的贈予》，頁 138~139。
[51] 《老鷹的贈予》，頁 171~172。

由恐懼與悲哀所帶來的短暫「寂靜」，其能量有時足以使一般的「聚合點」無法「意願」移動，如此之人，再也不能「意願」繼續存活下去（如猝死），能「意願」的「看見者」，「意願」就等於智性，唐望的女門徒拉葛達說：經常感受到其力量的戰士，像是可以把整個身體，「做夢」到最細微程度的哲那羅（因為哲那羅能隨心所欲的移動聚合點，使做夢體像慢速子彈般射出來），除了肉體的意願之外，也只掌握了做夢體的「意願」，可任意消失或穿牆；而「意願」的終極大師西維歐·曼紐耶，則可以使所有認識他的人記不得他的臉[52]；能「意願」的「看見者」，因為能將注意力集中在宇宙內，其屬性有異於「意識的黑暗海洋」（巨鷹的吞噬）的另一團龐大的能量纖維上，這種巫術的定義，是歷代的Nagual（能直接從意願的源頭傳送平靜、和諧、歡笑與知識）不移的意願，亦即強烈的目標感，因為他知道「意願」（力量）有計畫在邀請他進入計畫之中，他有責任提供給巫士最低的機會——與「意願」連接的意識，遠離被巨鷹吞噬的威脅，是另一種取代死亡的方式。

　　被巫士們稱為「意願」（意識的黑暗海洋）的力量，在整個宇宙中，所有事物都與它相連接，他們畢生致力於討論、了解、使用，特別是「清理」這種連接，這個代代相傳的巫術任務——清理意願連接線的步驟的教誨，巫士們分為兩大類：1、右邊的教誨：施於日常生活的意識狀態下，以偽裝的形式教導。2、左邊的教誨：施於清明的意識狀態下，

---

[52] 《老鷹的贈予》，頁 174~175。

通常是對門徒「聚合點」的重擊，使其進入強化意識中（清明意識），知覺到日常世界中沒有被使用到的能量場的能力，此時已無任何語言的妨礙，是「意願」的入口。[53]

　　古代巫士首先集中第二注意力，其步驟為：首先，專注於「意願」與一切的共同連接，獲得了行使驚人事蹟的能力；其次，專注於「意願」與有意識生物的連接上，有了與同盟接觸的經驗，但依然缺乏「智慧」；接著，專注於「意願」與整個人類的連接上，智慧仍舊不具；最後，每個巫士只注意他單獨與「意願」的連接，點燃自己的「內在之火」。對「意願」有以上四種領悟的 Nagual，因為對知覺的能量場有很大的控制，能夠使用眼睛的閃爍來移動「聚合點」，導致他能與「意願」作直接的接觸。[54]甚至「意願」自己從現有的世界消失；至於身處二地的感覺，唐望說是巫士用來辨別是否抵達寂靜知識的証明[55]，也正是「聚合點」的自由運動，是 Nagual 知識中最困難的部份，被祕稱為「第三參考點的追求」；第一參考點，指聚合點位於理性上（不是每個人），此為真正的領導者，但大部份人並不知情；第二參考點，指「聚合點」位於無憐憫之處，通過以上兩處，第三參考點就是寂靜知識的位置。[56]

---

[53] 《寂靜的知識》，頁 20。

[54] 《寂靜的知識》，頁 128~129。

[55] 對於意願的知識的失落，唐望有個妙喻：亞當與夏娃被逐出伊甸園，意謂著失去寂靜的知識（意願的知識）。所以，巫術便是重返天堂，回到起源的過程。參見《寂靜的知識》，頁 128。

[56] 《寂靜的知識》，頁 245。

參、巫士與「同盟」

　　古代巫士對於「同盟」的描述是：「有意識的實體，但不具有人所了解的生命。」[57]唐望說：

> 是一個人能帶入生活中的一種力量，能幫助他，給他忠告及必要的力量來處理事情，不管事情的大小、對錯。同盟能提升一個人的生命，引導他的行動，增進他的知識。[58]

當一個巫士沒有「同盟」時，有如兒戲的力量之物，「值得」追求。唐望說他在年輕時擁有過小斑豆、水晶、羽毛[59]，唐哲那羅則教他的門徒奈士特做了「精靈捕捉器」（spirit catcher）：把樹葉夾在兩片木頭之間的一個小風箱，壓擠風箱就可以使不同的樹葉發出不同的聲音；唐望的精靈捕捉器是一根纖維，會發出野豬的嚎叫聲，專門用來召喚「同盟」，或水洞中、河流裡、高山上的精靈[60]，一個「巫魯荷」經由力量之物到使用力量植物，會有機會一嘗「聚合點」移動的滋味，通常使用魔鬼草與蘑菇，作為獲得力量的手段，這種

---

[57] 《寂靜的知識》，頁 129。
[58] 《巫士唐望的教誨》，頁 79。
[59] 小斑豆是中間有一條紅斑的玉米粒，可以進入人的身體中把人殺死，是最有威力的巫術。參見《巫士唐望的教誨》，頁 45~46。
[60] 譯者註：精靈捕捉器原是原始文化中用於祭祀祈神的響器，可算是樂器的始祖，通常是弦鳴或鼓震之類，能夠使人的心神集中。《力量的傳奇》，頁 272。

力量就稱為「同盟」（allay）；而培藥特的使用[61]，則是當
作對智慧的追求，對「巫魯荷」而言，那是正確的生活方式。

一、同盟的心態與樣貌

　　一個 Nagual 不能根據自己的好惡或算計來選擇門徒，
要透過第二注意力集中於「意願」，與有意識生物的連接上
（包括無機生物），甚至是「同盟」的暗示（一個徵兆）。
唐望的女門徒拉葛達在「胖到快死」前，唐望就因為看到蛾
（「同盟」的變身）在她頭上舞姿曼妙，意為歡迎她即將加
入「無機生物」的行列，才決定收她為徒。

　　古代巫士的「同盟」，會教巫士移動「聚合點」於能量
蛋體之外，當「無機生物」在傳送一個巫士時，是傳送他到
超乎人類的領域中；古代巫士提供加強過的知覺及高等能
量，「無機生物」則提供它們的高等知覺，雙方交換的結果
產生了相互的依賴。[62]「無機生物」會鉤取做夢者最深藏的
感覺，無情的加以玩弄，它們會創造幻影來取悅或恐嚇做夢
者，這種「虛幻的投射」，有如太空中的電影院[63]；除了給
古代巫士「獨一無二」的感覺外，另一個更惡毒的感覺——
擁有力量的感覺，那是古代巫士失足的原因，使他們最後成
為與天地同壽的「無機生物」。

---

[61] 培藥特是龍舌蘭仙人掌的果實，是印第安人在宗教上的聖物。

[62]《做夢的藝術》，頁 66~68。

[63] 唐望說無機生物在我們的世界中，就像是投射到銀幕上的影片，是穿
　　過兩個世界之間的稀薄能量的投射。《做夢的藝術》，頁 119~120。

　　古代巫士發現「同盟」喜愛動物的恐懼，勝過一切事物，甚至不擇手段把人嚇死來滿足他的最愛；不會死於恐懼的戰士，在夠強壯到去抓住「同盟」時（要先能夠打開自己明晰繭的縫隙），會把它按在地上，凝視一段時間後放走它。[64]

　　在唐望與唐哲那羅雙雙「意願」從世上消失後，他們倆各自的兩個「同盟」，交由卡斯塔尼達與拉葛達接收（收伏）；在這之前，卡斯塔尼達所看到的「同盟」，是像世界其他東西一樣，是真實的實體，同盟的樣貌在《巫士的傳承》一書中，有很具體的描述：

> 那是一個黑暗的長方形物體，八或九呎高，四或五呎寬。它移動時像巨石般的沉重，並有深沈的呼吸聲，讓我想起了風琴的聲音。我總是在晚上遇見它……。第二個同盟是唐哲那羅的。那是一個長臉孔，禿頭，非常高，發著光的人，有厚嘴唇與鬆弛的雙眼。他總是穿著太短的褲子，露出長而瘦的腿……。一隻巨大的黑豹，有黃色的發光眼睛，和一隻野蠻龐大的狼。這兩隻野獸都極為兇狠有力。豹子是唐哲那羅的，狼是唐望的。[65]

對於長相難以預料的「同盟」，巫士首先會在樹林中的蔓藤上，找到一個像左手拇指般大小的葫蘆，才能去馴服同盟；把葫蘆摘下來晒乾、挖空、磨亮，再呈獻給「同盟」，引誘它們住到裡面，「同盟」同意了，葫蘆就從人的世界消失，

---

[64] 《解離的真實——與巫士唐望的對話》，頁 266。
[65] 《巫士的傳承》，頁 163~164。

此後，「同盟」就成為巫士的助手。唐哲那羅和唐望可以讓它們做任何他們需要去做卻做不到的事，像是叫風追人，或讓雞在人的衣服裡亂跑，以此來「教誨」門徒。[66]

當巫士有一天完整到可以「意願」自己消失後，他們就可以選擇要不要保留「同盟」，拉葛達對這種神行百變，能使人恐懼到明晰繭的縫隙破裂，再把人的力量吸光的生物，比較不像卡斯塔尼達那麼著迷，原因在於已失去「人類形像」的她，能保持平衡，不去渴求任何事物的第二注意力，她已駕輕就熟，是個真正的戰士。

唐望要求卡斯塔尼達「停止內在對話」、「抹去個人歷史」、「失去自我重要感」、「向死亡叩問忠告」、「對自己的意願負責」、「打破生活的習慣性」，都只為了使他找回第二注意力，回歸他原初的存在經驗[67]，讀者當然樂於見到卡斯塔尼達，最後是以肉體病逝，而不是被「同盟」馴服而消失，成為其他巫士的「同盟」；讀者也希望曾見過「人類原型」有五次之多的卡斯塔尼達，身為太陽之子的明晰生物，別成為被好奇害死的老貓（以他的個性極有可能），只為了找尋他情有獨鍾的同盟（那隻曾屬於溫暖、甜蜜而且滑稽的唐哲那羅的黑豹），結果使自己最後身陷「黑色隧道」中，過著漫無止境的，「無機生物」的歲月。

---

[66] 《巫士的傳承》，頁 174。

[67] 龔卓軍，〈戰士之道・序〉，《解離的真實——與巫士唐望的對話》，頁 5。

二、認識「同盟」

　　力量植物所造成的奇特的知覺狀態，卡斯塔尼達稱之為
「非尋常現實狀態」、「無可應用的狀況」、「持續世界觀
的停頓」；食用力量植物後，「聚合點」會被震離原來的位
置，效果接近做夢，但比做夢更為強烈。在美洲印第安人與
歐洲人接觸之前，許多人把這些植物用在尋歡作樂、治療、
巫術，以及達到某種高潮體驗上。[68]巫士要花上一輩子的時
間，訓練注意力到完善無缺的地步，才能掌握力量植物的力
量；拉葛達說完美的人不需要力量植物，但是當掌握了做夢
的藝術後，就會用它來達成最後與最完全的一擊，其力量大
到連戰士都無法了解。[69]

（一）魔鬼草

　　古代巫士靠知覺轉變植物的幫助來認識「同盟」，唐望
的恩人，他的「同盟」是魔鬼草，一種不小心使用，就會中
毒的曼陀羅植物；有四個頭：根（獲得力量所在）、莖與葉
（治療疾病）、花朵（使人發狂、順服，或殺人）、種子（最
有力量）。[70]魔鬼草具有兩種特性，其效果唐望歸類為神人
同體（anthropomorphic）：1、女性化：「同盟」女性化的
力量，是比喻「令人不愉快的效果」，加上魔鬼草──Yerba

---

[68] 《巫士唐望的教誨》，頁 43。
[69] 《巫士的傳承》，頁 296。
[70] 《巫士唐望的教誨》，頁 84。

是屬於陰性的名稱，它的神人同體特性具備了有佔有慾（追隨它的人會成為它的奴隸）、兇暴的（強迫追隨者去從事極具破壞性的兇暴舉動）、難以預料的（效果不穩定到沒有方法可以預測）、具有不良的影響。2、能提供大量多餘的力量，能給追隨者肉體上的強壯與健康。

（二）蘑菇

唐望的「同盟」是「小煙」，一種蘑菇，風乾之後磨碎，用煙斗抽或食用，其特性恰與魔鬼草相反，具有男性的神人同體特性：不帶情緒、溫和、可預測，對於追隨者有正面的影響。另外，據說能帶走追隨者的身體，使他們能實行近乎無肉體狀態的特殊行動，使人如空氣般的自由，最適合喜愛靜默沉思的人。[71]抽完「小煙」後，另一個世界的守護者就會出現，只要觀察它如何行動，若不靠「小煙」而看見守護者，很可能無法閃避它的攻擊。[72]知道它的存在（因為它會給人力量去完成難以想像的事，例如當它把人帶走時），但卻看不見；唐望認為會晤「同盟」的理由，應該是去學習它們的祕密，而這個理由應該被當成嚴格的引導，以過濾掉其他在非尋常現實狀態下可能會產生的個人動機。[73]

---

[71] 《巫士唐望的教誨》，頁 254~256。
[72] 《解離的真實——與巫士唐望的對話》，頁 133。
[73] 《巫士唐望的教誨》，頁 263。

（三）龍舌蘭仙人掌的果實——培藥特

　　「培藥特」的果實，是印第安人使用了至少 3000 年的「聖物」，在儀式中用來擴張心靈的食品或飲料；在傳達神旨時，它能令人探求更多的知識，此外還是一種萬靈藥，可醫治肉體和精神的所有疾病，因為含生物鹼，可提煉迷幻藥，治療關節炎，其力量有個專名——麥斯卡力陀，它被包含在「培藥特」之內，因此可以說，「培藥特」本身就是「力量」。

　　麥斯卡力陀，是一個保護者、老師，以各種形式現身於到它面前的人，是可見的神人同體；卡斯塔尼達把麥斯卡力陀知覺為一團光芒，它告訴他，它的名字，並教他唱歌（培藥特之歌，每個巫士都有屬於自己的一首歌）。知覺轉變植物只是暫時打破對現實世界的執著，神奇如「培藥特」（麥斯卡力陀），唐望也只在需要示範或必要時，才會使用。

肆、結　語

　　唐望本人是否真的存在，一直是許多學者爭議的焦點，以及諸多考證「唐望」者的下手之處，除了卡斯塔尼達及其他三位有人類學博士學位的女門徒之外，沒有任何證據能證明唐望的存在。[74]時代週刊的記者曾花了一番工夫調查卡斯

---

[74] 譯者序，〈卡斯塔尼達之死〉，《解離的真實——與巫士唐望的對話》，

塔尼達的個人歷史，在發現大有出入而跟卡斯塔尼達當面對
質時，卡斯塔尼達毫不在意的回答：

> 要我用統計數字來證明我的過去，就像用科學來證明巫
> 術一樣不可能。這把世界的奇妙都消除了，使我們都變
> 成一個路碑。[75]

卡斯塔尼達隱匿了二十多年，在死前不久才開始大張旗鼓的
辦研習營，推廣唐望的教誨，展現即將消失的，「特爾提克」
的奧秘，卡斯塔尼達也許是真的怕成為一個「路碑」。其實，
卡斯塔尼達筆下的唐望，可以成為每個人心目中的「唐望」
（智者的代表），在目前這個人慾橫流的年代。

　　操縱意識的能量來源所據為何，可惜在唐望書中並無明
確說明，但無可否認的，唐望的哲理有老子的深邃、妙喻有
莊子的天馬行空、有孔子因材施教的功力，他的 Nagual 生
涯，除了卡斯塔尼達對他「無懈可擊」的報導外，身為印第
安文化之外的人們，對於唐望書中的「巫術」──使人知覺
到何謂真正的自由，以及對「完整」的追求方法[76]，每一項
均值得作專題研究。

本文部分內容，以〈當巫士遇見人類學家〉一名，刊登於
國立暨南國際大學，《暨大電子雜誌》第 36 期，2006 年
2 月。

頁 12。
[75] 譯者序，〈卡斯塔尼達之死〉，《解離的真實──與巫士唐望的對話》，
頁 13。
[76] 《老鷹的贈予‧序》，頁 9。

論漢民族與臺灣原住民的彩虹神話

一、前言

　　雨後的天空，最奪目的天象非彩虹莫屬，先民對奇異的天象，畏懼遠多於崇拜。自西漢董仲舒「天人感應」說出現，在君王不願下詔罪己的情形下，最有力的解套方式，就是將被視為「凶兆」的「虹現象」歸諸「女禍」，擁權過多或自律不嚴的后妃，因此成了代罪羔羊，被迫要替純屬機率問題，原本因「天時」、「地利」而產生的「虹現象」，擔負起「人和」的重擔。有趣的是，在台灣原住民神話中，彩虹全與「女禍」無關。本文試比較漢民族與台灣原住民的彩虹傳說，以「虹形象」、「虹預兆」與「虹禁忌」為主要探討內容。

二、虹形象

　　虹又稱「虹霓」，分為主虹和副虹，主虹在內，色彩亮，稱為雄虹；副虹在外，色彩淡，稱為雌霓（又叫「挈貳」），二虹平行呈圓弧狀；在霧端呈淡白色的白虹，因直上九霄且

並不常見，常被引為精誠感天地的、「浩然之氣」的同義辭，例如：《史記‧魯仲連鄒陽列傳》：「昔者荊軻慕燕太子丹之義，白虹貫日，太子畏之。」[1]便是一例。而在「類比聯想」成為主要釋惑來源的先民心中，動物形象是最貼切、最可靠的解釋依據；隨著文明演進，色彩多變、日常用具多樣化之後，先民的想像漸漸豐富，在遠古傳說中，虹的形象也跟著不同。

（一）龍或蛇

早在三千多年前，甲骨文就已出現「虹」字，字為弓形半圓弧，兩端有首，似為蛇（或龍）頭。《說文》：「虹，蝃蝀也，狀似虫。從虫，工聲。」段玉裁注：「虫者，它也。虹似它，故字從虫。」[2]段玉裁所說的，像蛇的「它」，並非一般的蛇，而是「虺」，即「兩頭蛇」。

何星亮認為：「龍蛇是最早的虹神形象」；陳夢家認為：「卜辭虹字象兩頭蛇龍之形」；殷康認為：「虹象兩頭龍蛇之類。」[3]以上三說均根據虹與蛇的形狀相近。象「兩頭」

---

[1] 楊家駱主編，《新校本史記三家注并附編二種》，（台北：鼎文書局，1987 年），頁 2470。

[2] 段玉裁，《說文解字注》（台北：黎明事業文化公司，1985 年），頁 680。下引版本同。

[3] 何星亮，《中國自然神與自然崇拜》（上海：三聯書店，1992 年，頁 299。）陳夢家，《殷墟卜辭源流》（北京：中華書局，1988 年，頁 243。）康殷，《文字源流淺說》（釋例篇）（北京：榮寶齋，1979 年，頁 382。）參見趙宗福，〈中國虹信仰研究〉，《青海民族學院學報》，社會科學版，第 27 卷第 2 期，2001 年。下引版本同。

龍蛇之形，應是就正虹與副虹共「兩條」，為「相似聯想」[4]；
此外，虹的兩端接連地面，先民又由動物飲水類比出「虹飲
水」，郭沫若《通纂考釋》載虹：「啜水之說，蓋自殷代以
來矣。」[5]虹為何要飲水，緬甸的克倫人說：「假如有人在
虹出現後死掉，他們就說被虹吃掉了。」[6]克倫人說虹會飲
水，是因為吃飽了人肉後，口渴的緣故；而在中國多洪災的
黃河流域，人們發現到虹與天氣的關係，《太平廣記》引《鑑
戒錄》：「天將大雨，有虹自河飲水。」[7]虹飲於河不稀奇，
班固《漢書‧武五子傳》說：「是時天雨，虹下屬宮中，飲
井水，井水竭」[8]；劉敬叔《異苑》：「長沙王道憐子義慶
在廣陵臥疾，食次，忽有白虹入室，就飲其粥。義慶擲器於
階，遂作風雨，聲振於庭戶，良久不見。」[9]《漢書》所記
的虹，能飲井水；《異苑》記虹，入人家中吃稀飯，至此已
將「相似」龍或蛇之形的虹，「類比」為龍或蛇的飲食之狀；
被「類比」成龍或蛇的虹，到了後來，虹首由蛇頭變成驢，
《祥驗集》載：

---

[4] 趙宗福，〈中國虹信仰研究〉：「先將虹比擬為兩頭蛇，再將虹霓之
　　各一端比擬為蛇頭。由於虹霓合稱虹，所以二蛇又合二為一，變成兩
　　頭蛇了。」
[5] 轉引自趙宗福，〈中國虹信仰研究〉。
[6] 趙宗福，〈中國的虹預兆與虹禁忌〉，《民俗研究》，1999 年 4 月。
　　下引版本同。
[7] 馮夢龍評纂，莊葳、郭群一校點，《太平廣記鈔》（中州書畫社出版，
　　1983 年），頁 502。下引版本同。
[8] 楊家駱主編，《新校本漢書三家注并附編二種》（台北：鼎文書局，
　　1981 年），頁 2757。下引版本同。
[9] 劉敬叔撰、嚴一萍選輯，《異苑》（藝文印書館印行），原刻影印百
　　部叢書集成。下引版本同。

虹從空而下,「首似驢,霏然若晴霞狀,紅碧相靄,虛
空五色。」盡食筵席上的食物後,「四視左右,久而方
去。」[10]

由身曲像龍蛇,到「虹飲」的想像,再到似驢飲水,都是先
民由「相似的想像」,再到「類比聯想」的結果。

(二)美人或仙女

《爾雅・釋天》:「螮蝀,虹也。」郭璞注:「俗名美
人虹。」不管是「美人虹」,或是湖北人將虹稱為「虹美人」,
在傳說中,虹非但是美女,甚至還是仙女的化身,不脫「飲
水」的行為,《窮怪錄》載:「首陽山中,有晚虹下飲溪
泉,……,化為女子,年十六七,……,其貌殊美。」[11]「晚
虹」就是傍晚雨後的彩虹,在文人的想像中,自是不同於先
民「相似聯想」下的龍或蛇;仙女化為「晚虹」,又見於曾
慥《類說》:

> 首陽山有晚虹,下飲溪水,化為女子,明帝召入宮。曰:
> 『我仙女也,暫降人間。』帝欲逼幸,而難其色。忽有
> 聲如雷,復化為虹而去。[12]

---

[10] 轉引自趙宗福,〈中國虹信仰研究〉。
[11] 《古今圖書集成・曆象彙編・乾象典》第七十六卷,虹霓部外編。
[12] 宋・曾慥,《類說》卷四十。《四庫全書》文淵閣本,子部,雜家類,
雜纂之屬。

賦予虹「神格」，這是魏晉以後，志怪小說流行下的產物；
從虹的七彩，聯想為豔色衣飾，而此豔飾非一般凡間女子所
有，因此產生美人或仙女的想像；東北赫哲族傳說：

> 有個老頭打死猛虎救下一女子，這女子以其五彩衣帶相
> 贈。不久陰雨連綿，老頭把腰帶扔向天空，化為彩虹，
> 於是雨止天晴。[13]

趙宗福舉臺灣高山族傳說：「虹是由一個美麗妻子的五彩達
戈紋衣裳變成的。」此說與記載頗有出入；范純甫主編《臺
灣傳奇──原住民傳說》（上），有關阿美族的傳說，大意
是：有位叫依勒克的天上神仙，因不忍見阿美族人的生活非
旱即澇，於是下凡教阿美族人農耕技術，同時愛上了阿美族
的美麗女子並結為夫婦，日子一久，依勒克得回天上，他對
妻子說：

> 我先到天上去，變成一架天梯，妳順梯子爬上來，我們
> 就能天長地久，永不分離。只是妳在天梯上千萬不能嘆
> 氣，一嘆氣，天梯就斷了。[14]

依勒克隨之變成了一架玉白色的天梯，妻子爬著爬著，既捨
不得家鄉也捨不得丈夫，一聲輕嘆，天梯立斷，依勒克彎腰
要救已來不及，他認為是自己害死了愛妻，十分自責，淚水
滴匯成深潭，許久之後：

---

[13] 轉引自趙宗福，〈中國虹信仰研究〉。
[14] 范純甫主編，《臺灣傳奇──原住民傳說》（上），（台北：華嚴出版
　　社，1996年），頁64。下引版本同。

依勒克停止了哭泣，發現自己玉白色的身體上閃耀著色
彩繽紛的彩虹，像美麗妻子身上穿的那五彩達戈紋衣
裳！從此，依勒克默默地立在半空，為人間播雲降雨，
他還希望有一天心愛的妻子會醒過來，順著美麗的彩虹
朝自己走來。[15]

依勒克玉白色的身體變成「像美麗妻子身上穿的那五彩
達戈紋衣裳」的「彩虹」，並非趙宗福所說，由「五彩
達戈紋衣裳」變成「彩虹」；而像依勒克之類的仙男遇
凡女的傳說，在傳說中俯拾即是，《太平廣記》引《神
異傳》：

盧陵陳濟為州史，其婦秦在家，一丈夫長大端正，著絳
袍，從之。後常相期於一山洞。村人觀其所至，輒有虹
現。秦後遂有娠，生而如人，多肉。濟假還，秦懼其見，
納於盆中。丈夫稍時來，將兒去，人見二虹出其家。數
年而來省母。後秦適田，見二虹於洞，畏之。須臾，見
丈夫云：「是我，無畏。」後此絕。[16]

《神異傳》裡的這位「丈夫」，以「虹神」之身交接凡女，
雖不如神仙依勒克化為彩虹的故事來得淒美，所可注意的
是：其身為男性，聞一多認為：

---

[15] 范純甫主編，《臺灣傳奇——原住民傳說》（上），頁65。
[16] 馮夢龍評纂，莊葳、郭群一校點，《太平廣記鈔》（中州書畫社出版，
1983年），頁1636。

> 先妣能致雨，而虹與雨是有因果關係的，於是便以虹為
> 先妣之靈，因而虹便為一個女子。朝隮（霓）、朝雲以
> 及美人虹一類的概念便是這樣產生的。[17]

聞一多所說的「先妣」，指的是中國始祖女神：商之簡狄、
周之姜嫄、夏之塗山氏女媧，聞一多認為三代的始祖女神，
是先妣而兼高禖神（生育神），《詩經・鄘風・蝃蝀》：「朝
隮於西，崇朝其雨。」《詩經・曹風・候人》：「薈兮蔚兮，
南山朝隮。」聞一多認為三代的始祖女神成了淫奔之女的「原
型」。「蝃蝀」為虹，「隮」亦指虹，美人（奔女）為虹，
漢民族的虹為「女禍」之說，殆由此起。

（三）弓或橋

　　像弓或橋的彩虹，是先民由現實生活的器物類此而來。
《白虎通》：「天弓，虹也，又謂之弓。」趙德麟《侯鯖錄》
卷四：「天弓，即虹也。又謂之帝弓。」丁山認為后羿就是
弓神，也就是虹神。他說：

> 雨滴映日成虹，虹的弧度，轉而向日，若以弓射日者然。
> 《天問》所謂：「羿焉彃日」，當由天弓射日的喻意演
> 成。《說文》弓部引《天問》作：「　焉彃日」，形容
> 日在虹的弧線之外，彷彿天弓彈出的彈丸，尤為妙肖！
> 而羿字特從弓作..⌒..，足見屈原作《天問》時，已有虹

---

[17] 聞一多，《神話與詩》，頁 106。

為天弓之說；后羿善射的故事，必然自虹光彈日的喻意
逐漸演繹而成。[18]

丁山認為虹為「天弓」的信仰，早於虹「蛇」信仰，丁山另
外從文字學的角度，探討「有窮氏」后羿的「窮」字，是「蒼
穹」的「穹」的俗字，認為后羿就是弓神（射神）：

> 蓋穹從穴，象天體之穹窿；從弓，弓亦聲。凡《左傳》、
> 《天問》所稱：「有窮」，均當為穹，穹為天弓，……，
> 然則后羿之號有窮氏，或曰窮石，或曰阻窮，毋寧說是
> 天弓的喻言。要而言之，有窮者虹也，夷羿者霓也；虹
> 霓也者，正是古代人所盛讚的弓神與射神了。[19]

丁山認為后羿是弓神、射神，應是在虹神信仰之後才有。先民
由「拱形」的概念所啟發的虹「橋」，是為浪漫的想像，虹橋
傳說，有「此岸」與「彼岸」的迷思，人間天上，幸與不幸，
都由此展開；袁枚《子不語》，有一則關於「白虹精」的故事：

> 一個叫馬南箴的人撐船夜行，搭載一位姓白的老婦和一
> 位姑娘。到岸後，老婦送給馬南箴一方麻布，並說他可
> 以踩此布上天去見他們。次日，馬南箴踩在麻布上，果
> 然如踩雲霓，上升到仙宮，並與那姑娘成了親。從此，
> 馬南箴常踩麻布往返仙宮與凡世之間。[20]

---

[18] 丁山，《中國古代宗教與神話考》（上海：文藝出版社影印本，據龍
門聯合書局 1961 年版影印，1988 年），頁 262。

[19] 丁山，《中國古代宗教與神話考》頁 263。

[20] 轉引自趙宗福，〈中國虹信仰研究〉。

趙宗福認為「麻布」有橋的功能，他另外舉出：「臺灣的高山族把虹視為「鬼魂的橋樑」，認為死者的靈魂通過虹橋可以到達祖先靈魂所在的地方，與祖先們會面。所以一旦出現虹，他們就說神靈架通了橋，又要死人了。」[21]趙宗福所說的「臺灣的高山族」，未言明何族；而神靈架橋，預示人之將死的說法，在泰雅族的祖先傳說中，有一則與祖先靈魂有關的虹神話，結局卻是南轅北轍：

> 從前，泰雅族的祖先有個叫布達那雅的偉人，他領導村人，恩威並重，村人都把它當成神一般的尊敬他。當他老了，快要去世時對全村人說：「我死了，會變成赤魂飛上天，在天上守護著你們。」不久布達那雅死了，這時天邊出現一道如同天橋似的美麗彩虹。今天泰雅族人還把彩虹看做是吉祥物而喜悅，每當彩虹出現時，也必定會聽到一種聲音，那就是他們的祖先——偉人布達那雅對他們的呼喚聲音。[22]

這位名叫 Putawacuy 的泰雅族祖先，帶給族人的是生生不息，具鼓舞性質的「橋樑」作用，目的在使後代子孫，看到祖先美麗的示現之際，能記取薪火相傳的種子，使其代代生發。

---

[21] 趙宗福，〈中國虹信仰研究〉。

[22] 林道生，《原住民神話故事全集》（1）（台北：漢藝色研文化事業公司，2001 年），頁 30。

三、虹預兆

中國有關虹的農諺如下：

山東：「東虹無露西虹雨，南虹出來摸點雨，北虹出來
　　　殺皇帝。」
河北：「東虹風，西虹雨，南虹出來賣兒女。」
河南：「東虹呼雷西虹雨，南虹出來賣兒女，北虹出來
　　　兵馬起。」
陝西：「東虹呼雷西虹雨，南方有虹下白雨。」
寧夏：「東虹日頭西虹雨，南虹北虹賣兒女。」
青海：「東虹夢卜西虹菜，南虹出來就是害。」[23]

年成不好，百姓就只有賣兒賣女，少見的南虹、北虹一旦出
現，要是加上人禍（戰爭），南虹、北虹就會被視為與家國
有關的兇兆。自漢朝董仲舒大倡「天人感應」開始，虹兆即
被等同彗星的出現，其「兆」在於帝王的失德；《淮南子‧
天文訓》：「虹蜺彗星者，天之忌也。」[24]而在漢代就已出
現的「美人虹」傳說（見前引《爾雅》郭璞注），正好成了
為帝王開脫的最佳管道。《淮南子‧原道訓》：「虹蜺不出，
賊星不行，含德之所致也。」[25]《晉書‧天文志》則完整的
羅列出虹所代表的「惡兆」：「妖氣：一曰虹蜺，曰旁氣也，

---

[23] 趙宗福，〈中國的虹預兆與虹禁忌〉。
[24] 許匡一，《淮南子譯註》（上）（臺北：臺灣古籍出版公司，2000 年），
　　頁 124。下引版本同。
[25] 許匡一，《淮南子譯註》（上），頁 5。

斗之亂精。主惑心，主內淫，主臣謀君，天子詘，后妃顓，
妻不一。」[26]而對於向來少見的白虹，更視為是內亂與流血
的「凶兆」：

> 凡白虹者，百殃之本，眾亂所基。……，凡白虹霧，奸
> 臣謀君，擅權立威……，凡夜霧白虹見，臣有憂；畫霧
> 白虹見，君有慢。虹頭尾至地，流血之象。[27]

漢以前，虹的蛇（龍）形象，曾經是帝王或聖人感生神話的
源頭活水，到了晉朝，干寶《搜神記》載劉邦將為漢主之前：

> 孔子修《春秋》，制《孝經》，既成，齋戒，向北辰而
> 拜，告備於天。天乃洪鬱，起白霧摩地，白虹自上而下，
> 化為黃玉。長三尺，上有刻文。孔子跪受而讀之。曰：
> 「寶文出，劉季握。卯，金，刀，在軫北。字禾子，天
> 下服。」[28]

此為騙人的讖緯故事，以虹為兆，雖是騙人，但從中可看出
「天人感應」自漢之後，深植人心，預告下一位帝王推翻前
朝腐敗政權，解民於倒懸，當視虹為吉兆；反之，也可以被
說成國將不保的凶兆；吉、凶均有的虹預兆，究應作何解釋，
全在應驗者之「德」，班固《漢書・天文志》：

---

[26] 楊家駱主編，《新校本晉書三家注并附編六種》（台北：鼎文書局，
　　1980 年），頁 330。
[27] 《晉書・天文志》，頁 334~335。
[28] 晉・干寶撰、胡懷琛標點、楊家駱主編，《搜神記》卷八，（台北：
　　鼎文書局，1980 年），頁 68。

> 抱珥虹蜺，迅雷風袄，怪雲變氣，此皆陰陽之精。其本
> 在地，＝而上發於天者也。政失於此，則變現於彼，猶
> 景之象形，響之應聲。是以明君睹之而窹，飭身正事，
> 思其咎謝，則惑除而福至，自然之符也。[29]

班固此說較為中肯，可惜後代因虹而警的君王，必先來個「九
女並訛，妃族悉黜。」[30]以「女」為「禍」的戲碼演完之後，
一切照舊。

四、虹禁忌

段玉裁《說文解字注》：「禁，吉凶之忌也。從示，林
聲。」，「忌，憎惡也。從心，己聲。」也就是說，「禁忌」
的原意要從「從示」的「禁」字來探討；《說文解字注》：
「示，天垂象見吉凶，所以示人也。從二，三垂，日月星也。
觀乎天文，以察時變，示神事也。凡示之屬，皆從示。」[31]與
「神事」有關的「禁」，是「『天神』……，通過日月星辰
等天文現象顯示出來，為了趨吉避凶，消災弭惑，人們就得
觀察天象，根據神的暗示來決定自己的行為。」[32]而隨著虹
兆（凶兆）所產生的虹禁忌，流傳最廣最久的就是用手指指

---

[29] 楊家駱主編，《新校本漢書三家注并附編二種》（台北：鼎文書局，
1981 年），頁 1273。

[30] 《唐開元占經》卷九十八引《春秋·感精符》。《四庫全書》子部，
術數類，占候之屬。

[31] 段玉裁，《說文解字注》，頁 2。

[32] 楊宗、聶嘉恩、郭全盛主編，《中國實用禁忌大全》（上海：文化出
版社，1991 年），頁 4~5。

虹，《詩經・鄘風・蝃蝀》：「蝃蝀在東，莫之敢指，女子
有行，遠父母兄弟。」《毛詩》解釋為：「夫婦過禮，則虹
氣盛；君子見戒，而懼諱之，莫之敢指。」鄭玄《詩譜》則
解釋為：「虹，天氣之戒，尚無敢指者。說淫奔之女，誰敢
視之。」[33]而在臺灣的布農族神話中，也有一則不可「以手
指指虹」的禁忌：

> 從前，有一位叫做妮恩的女孩子，偷了人家的紅、黃、
> 紫色三樣絲帶回家，被母親大大地責罵了一頓，母親罵
> 得實在太兇了，妮恩心生恐懼升了天逃避。太陽問他：
> 「你到底是從哪裡來的？」妮恩伸出五隻手指回太陽的
> 話：「從這裡來的！」說完，變成了彩虹懸掛在天空。
> 今天，布農族人看見了彩虹再也不敢用手指它就是這個
> 緣故。[34]

布農族這則神話，唯一可能讓妮恩變成彩虹的原因，就在於
亮出那五隻手指回答：「從這裡來」，漢族舊俗，忌以指指
星月，日與月、星在萬物皆有靈的古代，「以手指之」是褻
瀆的行為，這也是妮恩何以會成為彩虹，高懸天上作為族人
「借鏡」的原因。

　　虹之所以有不能以手去指的禁忌，原因是：

> 首先，大多數人以為不能指虹是因為虹是龍蛇或水
> 神……，冒犯神靈，必遭懲罰。……，來自人被蛇等有

---

[33] 屈萬里，《詩經詮釋》，（台北：聯經出版，1988 年），頁 93。
[34] 林道生，《原住民神話故事全集》（1），頁 50。

毒動物咬後中毒腐爛的生活經驗。其次，認為指虹會導
致駝背或手指彎曲……，虹、弓、蛇都是彎曲的。再次，
不能指虹是因為虹是淫亂之象……，虹分雄虹雌蜺，陰
陽二性相背負，實際是在「陰陽相交」。[35]

以上三種禁忌中，手指潰爛、彎曲若真應驗，得從「機率」
來看；至於「淫亂之象」，在古代，如上所說，是國君身旁
的有力人士說了算，不足為訓。

五、結語

漢民族把虹視為龍、蛇、美人、弓或橋，顯見先民已將
「相似」與「類比」聯想發揮到極致，而從中國農村大量有
關虹的農諺中，可以看出：一、在無規律性的出現機率下，
東虹與西虹較為常見，這是和太陽所在的相對位置有關；
二、南虹與北虹因較為少見，若正好碰上年成差、戰爭多，
自然就會被視為是君王失德的「惡兆」，其結果是：自三代
就有的，先妣兼高禖的信仰，後代失德的「后妃」，就因此
成了代罪羔羊；而在台灣的原住民神話中，彩虹是祖先對族
人的殷殷垂示，全與「女禍」無關。

本文刊登於國立暨南國際大學，《暨大電子雜誌》第 38 期，
2006 年 3 月。

---

[35] 趙宗福，〈中國虹信仰研究〉。

論漢武帝房中求仙──以神君為例

一、前言

　　《史記・孝武本紀》可說是漢武帝的求仙記，在濟濟方
士中，武帝獨喜降神於妠娌宛若身上的長陵女子神君。漢武
帝以祀神的所在地──壽宮，奉置來自民間的「病巫之神」
──神君，事件的經過，司馬遷言：「其事秘，世莫知也。」
諱莫如深的口吻，十分啟人疑竇；而令「天子獨喜」的神君，
在《漢武故事》裡，卻主動要求與霍去病「交接」，神君由
一個「病巫之神」，到自動求愛，卻被霍去病拒絕的「房中」
女神，本文試由其角色的轉變，探討漢武帝祀神君的真正意
圖，乃欲藉「房中」求仙。

二、神君面面觀

　　建元元年（西元前 140 年），17 歲登基的漢武帝，至
71 歲逝世為止，掌國 55 年。征和二年（西元前 91 年）的
戾太子巫蠱事件[1]，是一場株連甚廣的骨肉慘案，使漢武帝

---

[1] 漢武帝晚年任用酷吏，持法過嚴，與武帝性格不同的戾太子劉據，對

決定以「賜死」（昭帝之母鉤弋夫人）的非常手段，來解決
「女寵」可能引起的奪權問題。《史記・外戚世家》：「諸
為武帝生子者，無男女，其母無不譴死，豈可謂非賢聖哉！
昭然遠見，為後世計慮，故非淺聞愚儒之所及也。」[2]司馬
遷對性好征戰，諡號為「武」的漢武帝，在處理「女寵」的
問題上，顯然有著高度的評價；相形之下，神君在戾太子敗
前一年「亡去」，柏梁臺[3]燒了之後「神稍衰」（見《漢武
故事》），神君（宛若）成為武帝的另類「女寵」，而非後
宮「女禍」，足見其滿足了漢武帝的某些要求。本文擬從《史
記・孝武本紀》、《漢書・郊祀志》[4]、《漢武帝故事》[5]、
《漢武故事》[6]，探討神君如何由民間的「病巫之神」，成
為漢武帝的「房中」女神。

於酷吏所造成的冤獄多所平反，受武帝重用的江充，利用武帝父子不
同的政治傾向，加上害怕太子即位後於己不利，於是在武帝病重時，
命胡巫將桐木偶埋在太子宮中，上奏武帝，言其病乃因「巫蠱」而起；
戾太子以江充欲謀反，先動手殺了江充，武帝下令鎮壓太子的軍隊，
且親自指揮，交戰五日，太子兵敗自殺，武帝後來查明太子被誣，族
江充一家。這樁漢代最大宗的「巫蠱之禍」，死者數萬人，史稱「戾
太子事件」。

2 漢・司馬遷，《史記・外戚世家》，楊家駱主編，《新校本史記三家
   注并附編二種》（台北：鼎文書局，1987 年），頁 1986。下引版本同。
3 漢武帝元鼎二年（前 115 年）春天，起造柏梁臺，以銅製「承露盤」
   承露，摻和玉屑，作為長生之飲。參見宋・司馬光，《資治通鑑》卷
   20〈漢紀〉12（北京：中華書局，1956 年），頁 655。
4 楊家駱主編，《新校本漢書三家注并附編二種》台北：鼎文書局，1981
   年。下引版本同。
5 唐・張守節，《史記正義》，轉引自楊家駱主編，《新校本史記三家
   注并附編二種》，頁 453，下引版本同。
6 東漢・班固撰、嚴一萍選輯，《漢武故事》（原刻影印《百部叢書集
   成》，藝文印書館印行。下引版本同。

（一）《史記·孝武本紀》之神君

　　漢武帝在〈孝武本紀〉、〈封禪書〉中，兩度坦言：「吾誠得如黃帝，吾視去妻子如脫屣耳。」此語道出漢武帝對求仙一事，比秦始皇更無法忘情。武帝的後宮，因媚道求子者，如陳皇后；巫蠱咒詛[7]，如衛子夫；日後可能導致「主少母壯」，如鉤弋夫人，漢武帝對這三位關係親密的后妃，採取了非殺即廢的手法[8]，而長陵女子神君，在世時因難產而死，死後降神於妯娌宛若身上，最後成為被漢武帝禮遇的「壽宮神君」，藉宛若為代言人的神君，相較於陳皇后等人，其所受的待遇，可謂善始善終。

　　《史記·孝武本紀》詳載神君的出身，以及武帝得識神君的經過：

> 上求神君，舍之上林中蹏氏觀。神君者，長陵女子，以子死悲哀，故見神於先後宛若。宛若祠之其室，民多往祠。平原君往祠，其後子孫以尊顯。及武帝即位，則厚禮置祠之內中，聞其言，不見其人云。[9]

---

[7] 「巫蠱」，是一種以詛咒加害人的邪術。漢武帝時的「巫蠱」作法，是用木頭削成人的形狀，插上鐵針，埋入地下後加以詛咒，使人因之罹禍。

[8] 東漢·班固，《漢書·外戚傳》：「夫女寵之興，由至微而體至尊，窮富貴而不以功，此固道家所畏，禍福之宗也。序自漢興，終於孝平，外戚后廷色寵著聞二十有餘人，然其保位全家者，唯文、景、武帝太后及邛成后四人而已。」頁4011。

[9] 《史記·孝武本紀》，頁452~453。

司馬貞《史記索隱》：「先後，即今妯娌也。」[10]《爾雅·釋親》：「女子同出，謂先生為姒，後生為娣。」顏師古注：「古謂之娣姒，關中俗呼為先後，吳楚俗呼之為妯娌。」[11]神君是「宛若」的「妯娌」，下神（附身）於宛若，漢武帝的外祖母平原君前往禱之，就此結下了神君入漢宮的因緣。

　　武帝的外祖母平原君（臧兒），是燕王臧荼的孫女，嫁給王仲為妻，平原君先是把武帝之母（王夫人）嫁給金王孫，因禱神君，相信神君所謂：「兩女皆富貴」之詞，於是將武帝之母從金王孫手上奪回，送入太子宮[12]；平原君強行將已經替金王孫生了一女的女兒送入太子宮，是因為相信：「其後子孫以尊顯」，也就是平原君認為女兒入太子宮，將來一定能當上皇后，王夫人果真生下了龍種，也順利當上了皇后，神君的預言全都應驗；登基之後的漢武帝，便是經由外祖母的介紹，先祀神君於祠，至於以壽宮（奉神之宮）置神君，則是在誅了以鬼神方召王夫人（《漢書》作李夫人）魂魄的文成將軍（齊人少翁）之後，武帝在病中採信了巫醫游水發根對神君的推薦[13]，其會神君的經過，事見《史記·孝武本紀》：

　　　文成死明年，天子病鼎湖甚，巫醫無所不致，不愈。游
　　　水發根乃言曰：「上郡有巫，病而鬼下之。」上召置祠

---

[10] 《史記·孝武本紀》，頁453。

[11] 《漢書·郊祀志》，頁1216。

[12] 《史記·外戚世家》：「臧兒卜筮之，（神君）曰：『兩女皆富貴』，因欲奇兩女，乃奪金氏。金氏怒，不肯予決，乃納之太子宮。」頁1975。

[13] 顏師古注：游水為姓，發根為名。蓋因水為姓也。

之甘泉。及病，使人問神君。神君言曰：「天子毋憂病。
病少愈，強與我會甘泉。」於是病愈，遂幸甘泉，病良
已。大赦天下，置壽宮神君。神君最貴者太一，其佐曰
大禁、司命之屬，皆從之。非可得見，聞其音，與人言
等。時去時來，來則風肅然也。居室帷中。時晝言，然
常以夜。天子祓，然后入。因巫為主人，關飲食。所欲
者言行下。又置壽宮、北宮，張羽旗，設供具，以禮神
君。神君所言，上使人受書其言，命之曰「畫法」。其
所語，世俗之所知也，毋絕殊者，而天子獨喜。其事祕，
事莫知也。[14]

神君之所以被漢武帝的外祖母大力推崇，是因為「其所語，
世俗之所知也。」也就是神君在「降神」時，說的是一般人
都聽得懂的話，大不同於那些向武帝毛遂自薦，侈言有「奇
方伎術」，日久即現敗跡的方士；而從司馬遷在《史記・孝
武本紀》的描述，顯然神君也曾接受司馬遷的「檢驗」[15]，
司馬遷不明言天子為何「獨喜」神君，只以「其事祕，事莫
知。」二語帶過，疑司馬遷應明白神君之被武帝所重，原因
不在人人均聽得懂的「神語」，而在其術。

　　林富士認為：「一般研究六朝道教的學者，於追溯道教
之起源時，幾乎一致認為其與漢代之巫者有密不可分的關
係。」[16]《周禮》所載的「司巫」、「男巫」、「女巫」，

---

[14] 《史記・孝武本紀》，頁 459~460。
[15] 《史記・孝武本紀》：「余從巡祭天地諸神，名山川而封禪焉。入壽
　　宮侍祠神語，究觀方士祠官之言。」頁 486。
[16] 林富士，《漢代的巫者》（台北，稻鄉出版社，1988 年），頁 3。下

均具官巫的性質，而且「主要是掌祭祀鬼神之事，或祈或禳，以除各種凶災。」[17]在巫風大盛的西漢朝廷，「以子死悲哀」，死後附身於「姁娌」身上，具民巫身份的「長陵神君」，到漢武帝必須「祓，然后入。」經過齋戒才能面見的「壽宮神君」；神君由一個來自民間的「上郡之巫」，一變而成主祀至上神「太一」的「壽宮神君」，除了「非可得見，聞其音，與人言等。時去時來，來則風肅然也。」司馬遷一番力避神鬼，實際上卻更將神君神秘化的形容，再加上「然常以夜，天子祓，然后入。」不由得使人猜想武帝夜會神君的目的，並不單純。

（二）《漢書・郊祀志》之神君

　　班固《漢書・郊祀志》記神君，唯一不同於《史記・孝武本紀》之處，在「以乳死」三字：

> 是時上求神君，舍之上林中蹏氏館。神君者，長陵女子，以乳死，見神於先後宛若。宛若祠之其室，民多往祠。平原君亦往祠，其後子孫以尊顯。及上即位，則厚禮置祠之內中。聞其言，不見其人云。[18]

「以乳死」，關係到神君以何身份得祀；段玉裁《說文解字注》：「人及鳥生子曰乳。」[19]班固言神君「以乳死」（生

　　引版本同。

[17] 林富士，《漢代的巫者》，頁 15。

[18] 《漢書・郊祀志》，頁 1216。

[19] 清・段玉裁，《說文解字注》（台北，黎明事業文化公司，1985 年），

子而死），比《史記‧孝武本紀》言神君「以子死悲哀」，
因喪子難過而死，「以乳死」的說法，確實較符合得祀的條
件。在民間，人們會為眾多「未行而亡」的年輕女了建「女
郎祠」、「女兒祠」、「神女廟」；這些未完成生子的使命
即早夭的未婚女子，經常以「附體」的方式交通人神（或人
鬼），因此得受香火供養；神君有姁娌宛若作為代言人，與
道教「未體人道即死」[20]，因而蒙西王母收為女兒的「女仙」
不同，此乃須辨明之處。

（三）《漢武帝故事》之神君

　　從《史記‧孝武本紀》、《漢書‧郊祀志》的敘述手法，
與《漢武帝故事》相較，神君的「志怪」雛型，已明顯萌芽；
《史記‧孝武本紀》、《漢書‧郊祀志》中，「天子祓，然
后入。」神君隱約有「高禖」（生育神）的影子，而在《漢
武帝故事》中，其「高禖」的形象更為明顯：

> （武帝）起柏梁臺以處神君，長陵女子也。先是嫁為人
> 妻，生一男，數歲死，女子悼痛之，歲中亦死，而靈宛
> 若祠之……說家人小事有驗。平原君亦事之，至後子孫
> 尊貴。及上即位，太后延於宮中祭之，聞其言，不見其
> 人。至是神君求出局，營柏梁臺舍之。初，霍去病微時，
> 自禱神君，即見其形，自修飾，欲與去病交接，去病不

頁 590。

[20] 屈慧青，〈《搜神記》和神人相戀範式的定型〉《中國文學研究》1999
　年第 2 期。

　　肯，謂神君曰：「吾以神君精絜，故齋戒祈福，今欲婬，此非也。」自絕不復往。神君慚之，乃去也。」[21]

　　《漢武帝故事》承《史記‧孝武本紀》，言神君「以子死悲哀」的說法，此外，首先點出神君是以「說家人小事有驗。」而得民祀，神君能從檢驗她的民間口碑，躍進巫風甚焱的漢朝宮廷，首先，拜武帝外祖母平原君篤信在先，巫醫游水發根薦之在後；其次，《漢武帝故事》言神君「自修飾」而見霍去病，作者似乎有意暗示漢武帝與神君的曖昧關係，以死後「無後」的霍去病為例，創出史上第一樁「凡男」不願與「神女」交接的曠世奇聞，作者之所以讓神君自薦於早死且無後的霍去病，藉交接以延命的用意，不言可喻，這也正是武帝以壽宮處神君，「袚，然后入。」的真正目的所在，也就是武帝藉宛若之身，與神君交接。

（四）《漢武故事》之神君

　　託名班固所撰的《漢武故事》，所載神君之事較《史記‧孝武本紀》為詳。《漢武故事》的內容，大抵承《漢武帝故事》而來，除了說明神君為何欲與霍去病交接，還點出神君進入宮廷的最大目的，是為了滿足漢武帝的房中求仙，《漢武故事》載：

---

[21] 唐‧張守節，《史記正義》，轉引自楊家駱主編，《新校本史記三家注并附編二種》，頁453。

上遂祠神君請術。……及去病疾篤，上令為禱於神君，
神君曰：「霍將軍君精氣少，壽命弗長，吾嘗欲以太一
精補之，可以延年，霍將軍不曉此意，遂見斷絕，今病
必死，不可救也。」去病竟薨。上造神君請術，行之有
效，大抵不異容成也。神君以道授宛若，亦曉其術，年
百餘歲，貌有少容。[22]

《漢書‧藝文志》所列的房中八家，其中有「容成」一派[23]；
「上造神君請術」，武帝所請之術，應是《容成陰道》一派
的房中術，疑宛若與陳皇后媚道事件中，「女子楚服等，坐
為皇后巫蠱祠祭祝詛。」的女巫楚服[24]，乃系出同源，兩人
應同為《漢書‧藝文志》所載 17 卷《三家內房有子方》（今
已佚），專傳女性的「玉子」一派，不論是「巫蠱祠祭祝詛」，
或是房中術之「合精生子」，由楚服、神君的事蹟，可看出
「玉子」一派，在漢朝廷應有過相當程度的影響。

　　李豐楙認為：「房中術為宮闈秘法，漢朝、尤其東漢諸
帝多不長壽，特別講究此類御女之法。」[25]由東漢諸帝講究

---

[22] 東漢‧班固撰、嚴一萍選輯，《漢武故事》原刻影印《百部叢書集成》，
　　藝文印書館印行。
[23] 東漢‧班固，《漢書‧藝文志》，所列之房中八家：《容成陰道》（26
　　卷）、《務成子陰道》（36 卷）、《堯舜陰道》（23 卷）、《湯盤庚
　　陰道》（20 卷）、《天老雜子陰道》（25 卷）、《天一陰道》（24 卷）、
　　《黃帝三王養陽方》（20 卷）《三家內房有子方》（17 卷）。引自《新
　　校本漢書三家注并附編二種》，頁 1778。
[24] 陳皇后阿嬌，在被武帝「金屋藏嬌」卻生不出子嗣的情形下，請女巫
　　楚服入宮禱祀求子，犯了武帝視巫蠱為禍事的大忌，陳皇后媚道求子
　　事件，最後，女巫楚服被梟首，陳皇后被打入冷宮。
[25] 李豐楙，〈《抱朴子》的養生術：辟穀、服氣與養生術〉，《不死的

御女之法，可證明《漢書・藝文志》所列的房中八家，在西漢宮廷已行之有年。《左傳》言：「同姓相親，其殖不繁。」在西漢外戚的眼中，「同姓結婚」是親上加親，奪權比古訓要緊，為皇帝（皇子）擇后便成了西漢外戚權力高漲最快的方式，始作俑者為呂后，她讓惠帝娶了自己的外甥女，在西漢十一位帝王中，正室皇后無嗣的，就佔了七位，原因就在「近親通婚」，而為帝后服務的，如：神君、楚服之類的「侍御巫」們，決不是改變基因的聖手；此外，班固在《漢書・五行志》中，就讓曾經廢巫的成帝出現了 35 次，遠高於第二的昭、哀二帝（各有 18 次）；同時也讓專攻后妃、外戚的劉向，有高達 102 次的出現[26]，因為劉向深知外戚的通婚意圖只為奪權，與巫者攜手合作是情理之必然。

三、神君之術

《神仙傳》提及人間求仙的帝王，次數最多的是漢武帝[27]；在《漢武帝內傳》，西王母曾說：「然此子性氣淫暴，服精不純，何能得成真仙？浮空參差十方乎？勤而行之，適足以不死耳！」上元夫人更直言：「女胎性暴、胎性奢、胎

探求——抱朴子》（臺北：時報文化出版公司，1982 年），頁 285。

[26] 參見江春泓，〈談『近親通婚』對兩漢政權的影響〉，《殷都學刊》，1994 年第 3 期。

[27] 見《神仙傳》卷二〈伯山甫傳〉、卷三〈王興傳〉、卷四〈劉安傳〉、卷五〈泰山老父傳〉、〈巫炎傳〉、〈劉憑傳〉、卷六〈李少君傳〉、卷八〈衛叔卿傳〉、〈墨子傳〉等。參見小南一郎著、孫昌武譯，《中國的神話傳說與古小說》（北京：中華書局，1993 年），頁 192。

性淫、胎性酷、胎性賊，五者恆舍於榮衛之中，五臟之內，雖鋒鋩良鍼，固難愈矣。」[28]神君未出現在《神仙傳》與《漢武帝內傳》，顯見神君之術，不被道教上清派道徒所喜，以下試探「神君之術」，何以會被熱衷求仙的漢武帝接受。

（一）醫巫與巫醫

《論語・子路》：「南人有言，人而無恆，不可以作巫醫。」；「這『南人』指楚無疑，那麼巫醫可能由楚國發明。」[29]《左傳・昭公十二年》，楚人的先祖熊繹「桃弧棘矢以供王事。」說明熊繹以「桃弧棘矢」以禳災，是奉事周天子的「大巫」；《國語・楚語下》載有楚大夫王孫圉論楚國寶共有三：一為觀射父，二為倚相（二人皆為巫史），三是雲蓮徒州（物產豐隆的雲夢大澤）[30]；從《漢書・地理志》說楚人：「信巫鬼，重淫祀。」不難看出楚君熊繹，以及楚國國寶觀射父、倚相，三人實為「楚巫」的典範。

以「巫」（祝）為職業的「民巫」，桓寬《鹽鐵論・散不足》：「世俗飾偽行詐，為民巫祝，以取釐謝。堅頷健舌，或以成業致富，故憚事之人，釋本相學，是以街巷有巫，閭里有祝。」「街巷有巫，閭里有祝。」溯「巫」之源，齊地的「巫儿」現象，與「巫」職業的興盛有關；司馬遷把魚、

---

[28] 《漢武帝內傳》，頁 12、8。

[29] 斯維至，〈論《楚辭》的形成及秦楚文化圈〉，《陝西師大學報》，第 23 卷第 4 期，1994 年 12 月。

[30] 三國・吳・韋昭注，《國語》，頁 580。

鹽、漆、絲與聲色（齊之女色），一併列為齊地的特產[31]，
有關齊地的「女色」，有兩個特殊現象；《戰國策‧東周策》
記齊桓公，為了吸引商賈，設「宮中七市，女閭七百。」齊
桓公可說是中國首倡公娼制的君王；此外，齊婚俗中有所謂
的「巫儿」現象，《漢書‧地理志》載：

> 始桓公兄襄公淫亂，姑姊妹不嫁，於是令國中民家長女
> 不得嫁，名曰「巫儿」，為家主祠，嫁者不利其家，民
> 至今以為俗。[32]

雖說由於齊襄公、齊桓公兄弟倆開其「惡例」，齊地之長女
不嫁，「為家主祠」是桓寬所謂「街巷有巫，閭里有祝。」
的必然結果。漢人所謂的「巫」，除了官巫和民巫外，一般
是指具有某種精神特質及特殊能力，能交通鬼神，替人祈福
解禍之人，從《史記‧封禪書》記載的「梁、晉、秦、荊」
之巫、「九天巫」、「河巫」、「南山巫」，以及武帝元封
二年（西元前 109）滅南越後增置的「越巫」，這「八巫」
的設置，除了是「故國之思」外，相當有利於漢朝底定天下
後，「鬼神世界」的建立。

　　漢人的「鬼神世界」，除了宗廟的「祖先神」（人鬼）
之外，其他「天、地之神，五帝神，日月星辰、山川河海之
神，物石精怪、人鬼、惡鬼等……，雖為官方所奉，然亦不
禁民間祇祀。」[33]《史記‧孝武本紀》裡，裴駰引韋昭語，

---

[31] 《史記‧貨殖列傳》，頁 3253。
[32] 《漢書‧地理志》，頁 1661。
[33] 林富士，《漢代的巫者》，頁 110。

點名神君乃「病巫之神」，是從「天子病鼎湖甚，巫醫無所
不致。」由「巫醫」一詞所作的判斷；以及自先秦以來，巫
即具有「治病」和「逐疫」的職能。《淮南子‧說山訓》：
「病者寢席，醫之用鍼石，巫之用糈藉，所救鈞也」；何休
《公羊傳‧解詁》（隱公四年）：「巫者，事鬼神，禱解以
治病請福者也」；鄭玄《儀禮‧士喪禮》（注）：「巫，掌
招弭以除疾病。」從以上三說來看，「巫醫」即是「醫巫」，
林富士對此有二解：「一指行醫術之巫者，或行巫術之醫者，
皆巫醫不分；二則指巫、醫二者，分而言之，若此，則蓋指
治病時兼用巫與醫。」[34]道教原始經典《太平經》將「巫醫」
等同「療病」，可代表漢人對巫、醫的普遍看法：

> 天減人命，得疾有病，不須求助，煩醫苦巫，錄籍當斷，
> 何所復疑。（〈貪財色災及胞中誡〉）
> 有戒而不用其行，得病乃惶，豈可免焉？……，使神勞
> 心煩苦，醫巫解除，欲得求生，不忘為過時。（〈病歸
> 天有費訣〉）[35]

從司馬遷在《史記‧扁鵲倉公列傳》，言人有「六不治之病」，
「信巫不信醫」即為其一，可知漢人是「巫」、「醫」不分；
衡諸漢代多起與爭權有關的巫蠱事件，司馬遷言「信巫不信
醫」為六不治之一，的確是語重心長。鄭玄注《周禮》卷
27 云：「今之巫祝，……正神不降，惑於淫厲，苟貪貨食，

---

34 林富士，《漢代的巫者》，頁 64。
35 王明編，《太平經合校》（北京：中華書局，1992 年），頁 566、620。

遂誣人神。」東漢這些「貪貨食，誣人神。」的民巫，較之
於桓寬所言：「堅額健舌，或以成業致富。」的巫祝，兩者
同樣樂於被當權者所利用，而要想受到鬼神青睞，「飾偽行
詐」久必露馬腳，神君借宛若之身，行使人代「神」（鬼）
之事，同為民巫，神君能「說家人小事有驗」，其所憑藉的
條件，自是與其他「堅額健舌」型的民巫不同。

（二）見鬼與下神

《國語》卷十八〈楚語〉下，載有觀射父言巫的必備條
件：

> 民之精爽不攜貳者，而又能齊肅衷正，其智能上下比義，
> 其聖能光遠宣朗，其明能光照之，其聰能聽徹之，如是
> 則明神降之，在男曰覡，在女曰巫。[36]

《漢書‧郊祀志》繼承了觀射父之說，以「巫」泛指「事
鬼神者」；韋昭則以能使「明神降之」的「見鬼者」為巫、
覡，《史記‧魏其武安侯列傳》載有能「視鬼」的巫者：「武
安侯（田蚡）病，專呼服謝罪。使巫視鬼者視之，見魏其、
灌夫共守，欲殺之。竟死。」[37]可見民巫能「視鬼」之說，
是由來已久，《抱朴子》〈論仙〉：「方術既令鬼見其形，
又令本不見鬼者見鬼。」[38]，可知見鬼能力大半要憑藉天賦，

---

[36] 三國‧吳‧韋昭注，《國語》（上海師範大學古籍整理研究所校點，
上海：古籍出版社，1988年），頁559。

[37] 《史記‧魏其武安侯列傳》，頁2854。

[38] 王明，《抱朴子內篇校釋》（北京：中華書局，1988年），頁20。

神君本是死後為人鬼，妯娌宛若能「說家人小事有驗。」可見宛若本身已具「見鬼」的條件。

《左傳‧昭公七年》，子產曰：「鬼有所歸，乃不為厲。」言人死後魂靈若能有所歸依，有所寄附，就不會成為厲鬼；另一種情況是：人若無後而死，亦為「厲鬼」，因為有違儒家「不孝有三，無後為大。」的倫理準則。無後，則有罪於祖先，一旦為鬼，則不能歸依祖靈，理當成為遊蕩無依的孤魂野鬼[39]，神君雖有所歸（宛若代言，民間祀之。）從「無後」的角度來看，亦可視為「厲鬼」。

鬼之稱為「厲」，林富士認為：「一、沒有後代子嗣供養的死者。二、横死、冤死的亡魂。」李豐楙認為：「無後、乏嗣的死者就是『非常』（非正常）之鬼，横死、冤死者就是「非自然」的亡魂。」「非自然」死亡又不得「正常」善後者，都有成為「厲鬼」的可能；林富士認為神君乃「厲鬼」[40]，之所以能有巫者（能見鬼者）替她立廟或傳達各種要求，其原因在於：

第一：古人相信「癘疫」、「大疫」（流行病）主要是由厲（厲鬼）所造成……，在疫癘流行之際，一般人會「禱於癘」或採取「逐疫」的手段。第二：巫者自先秦以來，最重要的職能之一就是「治病」和「逐疫」，因此，無論是以「祈禱」還是以「禳除」的手段，他們都不可避免的要和厲鬼打交道。[41]

---

[39] 參見俞曉紅，〈古代文學「鬼魂」意象的文化索解〉《湖南農業大學學報》，第 1 卷第 2 期，2000 年 6 月。

[40] 參見：林富士，〈巫覡、道士與僧尼〉，《孤魂與鬼雄的世界》（台北：稻鄉出版社，1995 年），頁 15~16。下引版本同。

[41] 林富士，《孤魂與鬼雄的世界》，頁 174~175。

與厲鬼的接觸，即所謂「降神」或「下神」，王充《論衡》：「鬼神用巫之口告人。」又曰：「巫扣元絃下死人魂，因巫口談，皆夸誕之言也。」[42]李豐楙認為：「神人晤談為一種降真方式，且特別與女巫較易於運用語言能力有關。」[43]能「說家人小事有驗」的神君，一句「彊與我會甘泉。」武帝聽了立馬來精神，病立刻痊癒也只是心理影響生理的結果，而鄭重介紹神君給武帝的巫醫游水發根，《漢書·郊祀志》言其「本嘗遇病，而鬼下之，故為巫也。」[44]如此看來，游水發根亦為「病巫之神」，他自動推薦「上郡之巫」，同為「病巫之神」，能治病又能傳達神意的神君給武帝，唯一的解釋是：神君亦曾經「下神」於游水發根。

（三）祈子與高禖

在母系社會，人類不知婦人受孕的緣由，卻驚訝於婦女生子前後的巨大轉變，因而產生了母性崇拜；在父權社會未建立前，女性成為「始祖神」、「高禖神」的經過，由「腜兆」一詞最足以看出：

> 《廣雅·釋親》：「腜，胎也。」《說文》：「腜，婦始孕腜兆也。」朱駿聲注：「按高禖之禖，以腜為義。」[45]

---

[42] 王充，〈論死〉，《論衡》卷二十（北京：中華書局，1985 年），頁222。下引版本同。

[43] 李豐楙，〈魏晉神女傳說與道教神女降真傳說〉，《誤入與謫降：六朝隋唐道教文學論集》（臺灣：學生書局，1996 年），頁156。

[44] 《漢書·郊祀志》，頁1221。

[45] 轉引自宋兆麟，《生育神與性巫術研究》（文物出版社，1990 年），頁26。

「禖」同「媒」，「禖」又來自「腜」（胎也）；與生育有關，目的在求子的媚道之術，周代大姬可算是首倡者，鄭玄《詩譜》云：「大姬無子，好巫覡禱祈鬼神歌舞之樂，民俗化而為之。」[46]《漢書・地理志》：「周武王封舜後媯滿於陳，是為胡公，妻以元女大姬。婦人尊貴，好祭祀，用史巫，故其俗巫鬼。」[47]好祭祀的大姬，由無子而禱請到有子，使漢人堅信巫能為人求子；另外，緯書《春秋元命包》：「傅說主祝章巫言也。……傅說蓋女巫也，主王后之內祭祀以祈子孫，廣求允嗣。」[48]從周代「女巫」傳說，助周大姬禱祀求子，到西漢「楚服」，以媚道助陳皇后求子，可見「女巫」為後宮祈子，自古有之。

　　《史記・封禪書》載陳皇后為求子，使女巫楚服作法，漢武帝因此大怒，下令將楚服梟首，因此事而受株連的有三百多人，僅次於漢代最大宗的的巫蠱案－－株連萬人的戾太子事件，李建民對西漢宮廷婦人媚道的看法：

> 使用媚道的婦人，多是失寵、無子者，然用方術轉移丈夫情愛，操縱家庭人際關係，化解自我失寵的困境，即是「妒婦」，連同其所用的求愛方術也被貶為「邪」術。史書名為「挾邪媚道」。[49]

---

[46] 屈萬里，《詩經詮釋》台北：聯經出版公司，1988 年。

[47] 《漢書・地理志》，頁 1653。

[48] 〔日〕中村璋八、安居香山編，《緯書集成》卷 4（上），（東京，漢魏文化研究會，昭和 38 年，頁 111。）轉引自《漢代的巫者》，頁 82。

[49] 李建民，〈『婦人媚道』考——傳統家庭的衝突與化解方術〉《新史學》7 卷 4 期，1996 年 12 月。

年近三十才得子的漢武帝，對婦人以「媚道」求子，是「廢」、「誅」並用，武帝於上巳日祓自灞上，即在車上臨幸了衛子夫；三月三日上巳節，是我國南方許多民族的重大節日，祈求人類健康繁衍是這一節日的主題，雲南納西族在三月三的時候，除祭始祖、會男女外，必須由求子者在祭祀地點進行洗浴，認為在神的保佑下，婦女洗掉身上的污垢，會排除了生育上的障礙。三月三求子的習俗，在漢族民間也早有流傳，据《太平寰宇記》卷 76 載：「四川橫縣玉華池，每三月上巳有乞子者，漉得石即是男，瓦即是女，自古有驗。」漢武帝於上巳日臨幸衛子夫，一舉得子，「甚喜，為立禖使東方朔、枚皋作禖祝。」[50]《漢書・郊祀志》載：

> 後上以無繼祀故，令皇太后詔有司曰：「蓋聞王者承事
> 天地，交接泰一，尊莫著於祭祀。孝武皇帝大聖通明，
> 始建上下之祀，營泰畤於甘泉，定后土於汾陰，而神
> 祇安之，饗國長久，子孫蕃滋。……今皇帝寬仁孝
> 順，……靡有大愆，而久無繼嗣。思其咎職，殆在徙南
> 北郊，違先帝之制，改神祇舊位，失天地之心，以妨
> 繼嗣之福。[51]

武帝立「禖使」，派心腹擔任「禖祝」，此舉在後代史家眼中，被視為是安邦定國的「要道」之一；可見在生育方面，漢代仍保有母系社會的「意識型態」，武帝廣祀鬼神的目的，

---

[50] 《漢書・武五子傳》頁 2741。
[51] 《漢書・郊祀志》，頁 1259。

是為得子嗣，神君祀漢代至上神「太一」，「祀太一」與求
子嗣的關係（詳見後），正代表著神君亦兼「高禖」的身份。

（四）太一與房中

　　《史記‧天官書》：「中宮天極星，其一明者，太一長
居也。」[52]所謂中宮天極星，不是某一顆極星，而是指天極
星區；在漢以前，「太一」亦即「天帝」之別名。「其一明
者，太一長居也。」此處的「太一」，則是指後世所謂的「帝
星」，「帝星」一名出現很早，在公元元年到公元前兩千年
左右，帝星是距天北極最近的亮星，就古文字考據，秦始皇
之前，「帝」字專指上帝，也就是《天官書》中寫明白的「太
一長居」的太一[53]，「太一」，為眾星圍拱的「星神」；天
地萬物的創始者，到了漢代，一切禮樂典章皆生發於「太
一」，《漢書‧地理志》中，光是徐州琅邪郡不其縣一地，
就有「太一、仙人祠九所。」不難看出在漢代，太一神與原
始道教的密切關係，《史記‧封禪書》記祀「太一」的情形
如下：

　　　　謬忌奏祀泰一方，曰：「天神貴者泰一，泰一佐曰五帝。
　　　　古者天子以春秋祭泰一東南郊，用太牢，七日，為壇開
　　　　八通之鬼道。」……，常奉祠如忌方。其后人有上書，
　　　　言：「古者天子三年一用太牢祠神三一：天一、地一、

---

[52] 《史記‧天官書》，頁 1289。
[53] 伊世同，〈《史記‧天官書》星象、天人合一的幻想基準〉《株洲工
　　學院學報》，第 14 卷第 5 期，2000 年 9 月。

泰一。」天子許之。……，后人復有上書，言：「古者
天子常以春解祠，……；泰一、澤山君地長用牛；……，
令祠官領之如其方，而祠於忌泰一壇旁。[54]

將泰一（又稱「太一」、「泰乙」、「太乙」）推為「至上
神」，目的除了為解決漢高祖時祀「五帝時」的問題[55]，更
想藉由至上一神的建立，滿足尊卑等差的宗教要求，祀其天
神、上帝、百鬼，使得宗教完全與巫術結合的漢代，人人得
以各取所需。星神「太一」之外，另有冥神「太乙」：

天神也，按《漢書》劉向校書天祿閣，有老人著黃衣，
植青藜而進見，向在暗中，遂出杖端火，照向讀書，向
問其姓名答曰：「我太乙之精。」[56]

可以救霍去病「精氣少，壽命弗長。」的「太一精」，所指
究竟為何，在《史記‧天官書‧索隱》引《春秋‧合誠圖》，
即點明：「紫微，大帝室，太一之精也。」[57]可見「太一精」，
就是「太一星神」。

---

[54] 《史記‧封禪書》，頁1386。
[55] 五帝有二義：一、五方之帝。東方蒼龍，名為靈威仰（一名靈府）；
南方赤帝，名為赤熛怒（一名文祖）；中央黃帝，名為含樞紐（一名
神斗）；西方白帝，名為招拒（一名顯紀）；北方黑帝，名為汁光紀
（一名玄矩）。二、五帝為太昊、炎帝、黃帝、少昊、顓頊。此指五
方之帝。
[56] 《繪圖三教源流搜神大全》（上海：古籍出版社，1990年），頁372。
[57] 《史記‧天官書‧索隱》，頁1290。

　　在鄙視漢武帝的上清派道士手中，將有關西王母、漢武帝的傳說，合併成《漢武帝內傳》。[58]《漢武帝內傳》的成書原因，作者借王母之口道出：一、滿足武帝求仙；二、教訓不信神仙的人間狂夫。而在書中，接受群臣、萬民跪拜的漢武帝，為了求仙，除了自稱「小丑賤生、枯骨之餘。」還對西王母、上元夫人，跪拜叩頭達 11 次之多，第十次還叩到在寶座流出血來；《漢武帝內傳》中，唯一為漢武帝說好話的神仙只有西王母，作者犧牲了尊貴的王母形象，安排祂在七夕之夜（武帝生日）主動降臨漢殿，與武帝有一段「虛擬性交」（登床共坐以及共食仙桃，都含有性的意味。）事後王母告訴武帝要「堅守三一，服用太上之藥，下仙之藥，地仙之藥，愛精握固、閉氣吞液。」為了維護王母「眾仙之首、極陰之元。」的至高神位，王母派侍女郭密香請來上元夫人傳授武帝房中隱書，上元夫人堅持「女受傳女，男受傳男。」最後，西王母、上元夫人雙方妥協，請來男仙青真小童傳授隱書，終成其事；西王母與漢武帝在《漢武故事》中的一段「神婚」，明顯可看出是「為了保證對地母神的性力（生殖力）崇拜。」[59]《漢武故事》中，言宛若因受神君之術，「年百餘歲，貌有少容。」後來，「東方朔取宛若為小妻。」扮演「神妓」角色的宛若，隱然已和後代列為神仙的東方朔，同為道教房中術的倡道者之一，此可由東方朔之

---

[58] 東漢・班固撰、錢祚熙校，《漢武帝內傳》北京：中華書局，1985 年。下引版本同。

[59] 劉耘，〈中國古典小說「人仙妖鬼婚戀」母題的發生學研究〉《北京教育學院學報》，第 14 卷第 2 期，2000 年 6 月。

徒，「長陵徐氏號儀君，善傳朔術，至今上元延中，已百三十七歲矣，視之如童女。」言儀君「善傳朔術」，所承傳的，其實就是宛若所受的，「年百餘歲，貌有少容。」的神君之術。

綜觀《漢武故事》神君向武帝言：「吾嘗欲以太一精補之（霍去病）」，以及《漢書・郊祀志》：「古者天子三年一用太牢具祠神三一：天一、地一、泰一。」加上王母告訴武帝要「堅守三一」的「三一」（天一、地一、泰一），筆者以為：「神君最貴者曰太一」，就是神君欲補霍去病的「太一精」，也就是神君藉由祭祀「太一星神」之名，而行房中交接之實。

以鬼神方召王夫人鬼魂的齊人少翁，為滿足漢武帝通鬼神的願望，「又作甘泉宮，中為台室，畫天、地、泰一諸神，而置祭具以致天神。」結果是「居歲餘，其方益衰，神不至。」武帝在誅了請三神（天、地、泰一）不至，又作「偽書」飯牛，終被識破筆跡的少翁之後，事隔一年，武帝在病中，於甘泉宮祀神君，病後於壽宮祀神君，司馬遷言神君「非可得見，聞其言，言與人音等。時去時來，來則風肅然。」大大延續了「王夫人」的效應；而在壽宮，神君「時晝言，然常以夜。天子祓，然后入。」此絕非祀「泰一」的情景。

《野獲編補遺》載：「甲子冬，命選女八歲至十四歲者三百人入宮，乙丑九月又選十歲以下者一百六十人，蓋從陶仲文言，供煉藥用。」方士陶仲文用八至十四歲的童女「煉藥」，王世貞《西城宮詞》為此發出喟嘆：「兩角鴉青雙箸紅，靈犀一點未曾通。自緣身作延齡藥，憔悴春風雨露中。」

《漢武故事》載：「上起明光宮，發燕趙美女二千人，……，率皆十五以上，二十以下……，凡諸宮美女萬有八千。」武帝生前「嘗自言：『能三日不食，不能一日無婦人，善行導養術。』」武帝死後，在殯於未央前殿時，竟還「自婕妤以下，上幸之如平生，旁人弗見也。」嚇得顧命大臣霍光一口氣「出宮女五百人。」而傳東方朔之術，百歲若童女的長陵徐氏儀君，「善行交接之道」，其下場是「徙於敦煌，後遂入胡，不知所終。」東方朔後來娶了有「神君之術」的宛若，東方朔所傳給儀君的，即神君以「太一精」為幌子的，「御女多多益善」（葛洪語）的房中術，《漢武帝內傳》不過是端出了西王母作為護身符，後代欲以房中求長生的君王，以無數幼女煉藥，「能三日不食，不能一日無婦人，善行導養術。」的漢武帝，可說是始作俑者。

　　1973 年 12 月，湖南長沙馬王堆三號漢墓，出現了世界上最早的房中書，在大批帛書及少量竹簡裡，屬於房中的共有七種：（1）《養生方》，（2）《雜療方》，（3）《胎產書》，（4）《十問》，（5）《合陰陽》，（6）《雜禁方》，（7）《天下至道談》。[60]李零〈馬王堆房中書研究〉一文，將「房中」的領域歸納為三種：「合天道，養性命，和合夫婦、延續子嗣。」[61]《漢武故事》中，神君所謂可以

---

[60] 李零，〈馬王堆房中書研究〉認為：（1）至（3）各一卷的帛書成於秦、漢之際，（4）至（7）各一篇的竹書成於早自戰國，下限為漢文帝十二年（公元前 168）；除（7）以外，（1）至（6）的書題皆為整理者參照隋唐史志有關著錄補加。《中國方術考》（人民中國出版社，1993 年），頁 368~369。下引版本同。

[61] 李零，《中國方術考》，頁 399~400。

幫霍去病「去病」、「延年」的「太一精」，若視為馬王堆房中書《十問》中，以「養陽」為主的「接陰之道」，則《史記・扁鵲倉公列傳》，言漢文帝時齊國名醫淳于意，從陽慶所授的「接陰陽禁書」（禁書之意為：「秘傳之書」），應是提及「房中」的最早資料；漢武帝藉神君宣稱「可以延年」的「太一精」，與宛若進行陰陽交接之道，應就在情理之中。

四、結語

漢武帝的「求仙記」──《史記・孝武本紀》，武帝對所有自稱「有道」的方士，都願意給機會嘗試，顯見其求長生的意圖遠勝於秦始皇；其具體的求仙事蹟，除了「感淮南道術，乃徵四方有術之士，於是方士自燕齊而出者數千人。」要方士為他盡其所能地搜求奇藥，還在柏梁臺蓋了個「承露盤」，「以取雲表之露，擬和玉屑，服以求仙。」為了請神下凡，還曾經「於長安作飛廉觀，高四十丈；於甘泉作延壽觀，亦如之。」「又築通天台於甘泉，去帝百餘丈，望雲雨，悉在其下。」直至死前一年，才道出：「天下豈有仙人，盡妖妄耳！」毋怪乎小說家們從他的求仙事蹟找到大量的靈感，創作出《漢武故事》、《漢武帝內傳》、《漢武洞冥記》三部志怪小說，言漢武帝「在無意中促進了志怪小說的發展。」[62]確為中肯之論。

---

[62] 俞汝捷，《仙、鬼、妖、人──志怪傳奇新論》（中國工人出版社，1992年），頁38。

　　在〈武帝本紀〉、〈封禪書〉、〈酷吏列傳〉中，司馬遷盡其所能的把他對武帝「內多欲而外施仁義」的個性，利用「曲筆」來表現他的譏刺，壽宮置「神君」，為其代表作之一。託名班固所撰的《漢武故事》，言神君欲以「太一精」補霍去病，作者應是在「諱」的考量下，挑中了英年早逝的霍去病，來影射漢武帝早已行之有素，與神君（宛若）在壽宮補「太一精」之事，司馬遷言：「天子獨喜。其事祕，事莫知也。」在曾經「入壽宮侍祠神語，究觀方士祠官之言。」的司馬遷心裡，當明知天子所喜為何。《漢武故事》言宛若因受神君之術，「年百餘歲，貌有少容。」司馬遷不敢明言武帝在壽宮的與神君交接，其實是漢武帝欲藉宛若之身，習得《容成陰道》一派的房中術，也就是馬王堆房中書《十問》所提到的，以「養陽」為主的「接陰之道」。

本文部分內容，刊登於國立暨南國際大學，《暨大電子雜誌》第 43 期，2006 年 11 月。

絳雲集 98

歷代文人之昭君情結

一、前言

　　王昭君以民女身份冒充公主，下嫁匈奴王的經過，正史記載不足；屬於稗官野史，託名葛洪所作的《西京雜記》，將王昭君和番的故事，鋪衍成昭君不願賄賂毛延壽[1]，讓毛延壽作美人圖供漢元帝按圖臨幸，元帝在和親名冊確定後召見昭君，傾倒於昭君的容貌，後悔之餘，又怕失信於匈奴，氣得將一批畫工同日棄市，《西京雜記》所記之昭君故事，成為後代昭君故事的濫觴。本文試從歷代文人據《西京雜記》的昭君故事，論其「紅顏情結」背後所寓的萬千懷抱。

二、昭君和親故事

　　漢高祖時，由於漢政權的力量不敵匈奴，婁敬首先提出和親的建議；高祖死後，傳說冒頓單于曾向呂后求婚，呂后只好以宗室女喬裝成公主嫁給冒頓，和親政策由此發端。此

---

[1]　晉・葛洪，《西京雜記》卷 2（北京：中華書局，1985 年），頁 9。

後，西漢對匈奴及西域各國的和親，都以宗室郡主冒充公主下嫁；王昭君是第一個以民女的身份，擔任和親的任務，格外引起一般文人的同情。

（一）琵琶與明君

據《漢書‧元帝紀》[2]與《漢書‧匈奴傳》二書所載[3]，王嬙，字昭君，南郡秭歸人，被選入後宮，因後宮佳麗無數，未被元帝發現，漢元帝竟寧元年（西元前 33 年），元帝將昭君賜匈奴虜韓邪，號「寧胡閼氏」。昭君出塞時所彈的琵琶，本為塞外樂器，漢人每逢公主和親必奏；漢武帝時，奉命嫁烏孫王昆莫的「細君」，是中國第一個以琵琶奏樂相送的「假公主」，後人所畫的〈昭君出塞圖〉，將琵琶與昭君聯想在一起，是在以琵琶樂曲作為制式的「送親曲」之後。晉石崇〈王明君辭〉序：「昔公主嫁烏孫，令琵琶馬上作樂，以慰其道路之思。其送明君亦必爾也，其造新曲多哀怨之聲。」[4]《樂府詩集》卷二十九〈相和歌辭〉：「〈明君〉，漢曲也。……晉石崇妓綠珠善歌舞，以此曲教之，而自製新歌。」[5]《樂府詩集》卷二十九〈相和歌辭‧王明君〉曰：「『〈明君〉歌舞者』，晉太康中季倫所作也。王明君本名

---

[2] 東漢‧班固撰、唐‧顏師古注，《漢書》卷 9〈元帝紀〉（臺北：鼎文書局，據北京：中華書局，1977 年點校本），頁 297。下引版本同。

[3] 《漢書》卷 94 下〈匈奴傳〉，頁 3803。

[4] 晉‧石崇，〈王明君辭〉，丁仲祜編纂，《全漢三國晉南北朝詩》〈全晉詩〉卷 4（臺北：藝文印書館，1968 年），頁 533。下引版本同。

[5] 宋‧郭茂倩撰，《樂府詩集》卷 29（台北：里仁書局，1980 年），頁 425。

昭君，因觸文帝諱，故晉人謂之明君。」以上三則資料均提到了的「明君」，可知在晉朝以前，昭君和親的故事已深植人心。而為了避司馬昭之諱，擁有〈明君曲〉之獨家專利的「昭君」，在晉代只能稱「明君」，後人作有〈明君〉、〈明君別〉、〈昭君怨〉、〈王明君〉等琵琶樂曲，琵琶與昭君，在後代的昭君故事中從此密不可分。

（二）昭君和親故事

託名東漢蔡邕所作的《琴操》，與范蔚宗《後漢書‧南匈奴列傳》[6]，二書均記昭君是因漢帝不御，志願和親，《琴操》：

> 昭君，齊國王穰女……，年十七，獻之元帝，元帝以地遠不之幸。積五六年，帝每遊後宮，常怨不出。後單于遣使朝貢……，帝問欲以一女賜單于，能往者。昭君乃越席請行，時單于在旁，（元帝）驚恨不及……，單于大悅，以為漢與我厚……，昭君恨始不見遇，乃作怨思之歌。[7]

---

[6] 范蔚宗，《後漢書‧南匈奴列傳》：「昭君入宮數歲，不得見御，積悲怨，乃請掖庭令求行。呼韓邪臨辭大會，帝召五女以示之。昭君豐容靚飾，光明漢宮，顧影裴回，竦動左右。帝見大驚，意欲留之，而難於失信，遂與匈奴。」（臺北：鼎文書局，據北京：中華書局 1977 年點校本），頁 2941。

[7] 東漢‧蔡邕，《琴操》卷下〈怨曠思惟歌〉（北京：中華書局，1985 年），頁 23~24。

《琴操》記元帝在和親宴上盡召後宮，一見盛裝出現的昭君，才悔之莫及；《後漢書‧南匈奴列傳》形容漢廷上的昭君：「豐容靚飾，光明漢宮。」歷史上的昭君，一變而成文學上的昭君，令千載之下，無數懷抱著「紅顏情結」的文人，因之神馳心動，意興遄飛地為昭君作出一首又一首的美人歌的同時，對昭君和親的故事，也極盡所能的誇大不實，《琴操》載：「單于死，子世達立，昭君曰：『為胡者妻母，秦者更娶。』世達曰：『欲作胡。』昭君乃服藥死。」《琴操》言昭君是「不從胡禮」而自殺，然據班固《漢書‧匈奴傳》：「呼韓邪單于死後，較早於昭君而受寵的大閼氏之子雕陶莫皋立，是為復株絫若鞮單于。復株絫若鞮單于復妻王昭君，生二女。」昭君遵從胡禮，夫死嫁子，才是真正的昭君故事，最後的結局。

胡俗不同於漢禮，漢禮不許父子共妻，後世文人不顧昭君「入境隨俗」的事實，《琴操》以「吞藥而死」來保全昭君名節，此亦可証昭君魅力已令失意的文人，在現實環境中，於不可「明怨」的情形下，有一個可以一抒怨思的機會，馬致遠《漢宮秋》可為代表；馬致遠為抒元滅宋的家國之恨而作《漢宮秋》，將昭君故事更加鋪陳：

> 元帝聽信中大夫毛延壽的讒言，按圖臨幸；直到面見昭君，傳旨斬毛，毛潛逃，向單于獻美人圖，並唆使單于要昭君。昭君為報元帝寵幸，情願和番。臨別之際，留下漢服，路經黑江，以酒祭奠漢王後投江，單于將其遺體葬江邊，號為「青冢」。元帝思對美人圖，夢昭君私

> 逃回宮，醒來聽孤雁哀鳴，尚書報知昭君已死，毛已被
> 縛，傳旨斬毛，祭獻明妃。[8]

馬致遠元曲「四大家之一」的功力，在《漢宮秋》雜劇中，展現無遺；馬致遠除了據《西京雜記》，採用了不實的斬畫師情節，另加上歷史上從未出現的「昭君為報元帝寵幸」，以及投黑江自殺，昭君和親故事，在馬致遠的筆下，成了引人欷歔、賺人熱淚的曠世佳作。

三、昭君之怨

　　後人提及昭君故事，多根據《西京雜記》的漢元帝「斬畫師」；《琴操》的昭君為「漢帝」服藥自殺；以及《漢宮秋》的昭君「投江」自盡，無一事為事實，文人所揣摩出來的「昭君之怨」，懷抱卻各有不同。《舊唐書》卷29：「〈明君〉，……漢人憐其遠嫁，為作此歌。……」[9]言漢人已為昭君和親故事作過曲；《樂府詩集》第五十九卷，題名王嬙所作的〈昭君怨〉[10]，是第一首無名文人為昭君所做的詩；

8　王學奇主編，《元曲選校注》第 1 冊上卷〈破幽夢孤雁漢宮秋〉雜劇（河北：教育出版社，1994 年），頁 168~209。

9　五代、後晉・劉昫等撰，《舊唐書》卷 29（台北：鼎文書局，據北京：中華書局，1977 年點校本），頁 1063。

10　丁仲祜編纂，《全漢三國晉南北朝詩》〈全漢詩〉卷 3〈昭君怨〉：「秋木萋萋，其葉萎黃；有鳥處山，集于苞桑。養育毛羽，形容生光；既得升雲，上遊曲房。離宮絕曠，身體摧藏；志念抑沉，不得頡頏。雖得委食，心有徊徨；我獨伊何，來往變常。翩翩之燕，遠集西羌；高山峨峨，河水泱泱。父兮母兮，道里悠長；嗚呼哀哉，憂心惻傷。」

到了寵愛綠珠，置萬貫家財於不顧的石崇，其〈王明君辭〉：
「傳語後世人，遠嫁難為情」[11]，石崇應是第一個奮力揣摩
昭君心情的文人，綜觀文人對昭君故事所寄寓的個人感慨，
大致如下。

（一）君共臣、皆無能

王昭君以一後宮良家子，從事漢、匈和平之舉，蒙受其
惠的，包括馬致遠筆下自詡：「四時雨露勻，萬里江山秀，
忠臣皆有用，高枕已無憂。」的太平天子，以及天子口中：
「恁也丹墀裡頭，枉被金章紫綬；恁也朱門裡頭，都寵著歌
衫舞袖。」的怕死庸臣；《漢宮秋》：「拋閃煞明妃也漢君
王」，馬致遠直接點名昏君誤人，目的只為抒一己的亡國之
痛[12]；戎昱〈詠史〉：「社稷依明主，安危托婦人。」[13]在點

頁 103。

[11] 晉・石崇，〈王明君辭〉：「我本漢家子，將適單于庭；辭訣未及終，
前驅已抗旌。僕御涕流離，轅馬為悲鳴；哀鬱傷五內，泣淚霑朱纓。
行行日已遠，乃造匈奴城；延我於穹廬，加我閼氏名。殊類非所安，
雖貴非所榮；父子見凌辱，對之慚且驚。殺身良未易，默默以苟生；
苟生亦何聊，積思常憤盈。願假飛鴻翼，棄之以遐征；飛鴻不我顧，
佇立以屏營。昔為匣中玉，今為糞上英；朝華不足歡，甘與秋草并。
傳語後世人，遠嫁難為情。」丁仲祜編纂，《全漢三國晉南北朝詩》
〈全晉詩〉卷 4，頁 533。

[12] 元・馬致遠，《漢宮秋》〈南呂・四塊玉・紫芝路〉：「雁北飛、人
北望，拋閃煞明妃也漢君王。小單于把盞呀剌剌唱。青草畔有收酪牛，
黑河邊有扇尾羊。他只是思故鄉。」

[13] 唐・戎昱，〈詠史〉：「漢家青史上，計拙是和親。社稷依明主，安
危托婦人。豈能將玉貌，便擬靜胡塵。地下千年骨，誰為輔佐臣。」
《全唐詩》卷 270（台北：文史哲出版社，1978 年），頁 3011。下引
版本同。

名昏君之外，還罵盡了所有吃皇糧的朝臣；在正史中，從未被元帝寵幸過的昭君，心中若真有怨，定然視戎昱為真正的明白人。吳雯〈明妃〉：「始知絕代佳人意，即有千秋國士風。」[14]漢朝君臣為了紓國之困，「和親政策」成了公主的夢魘，吳雯視昭君為「國士」，而在積弱不振的宋代，於文人手中，昭君的「國士」形象更為明顯。

　　張可久〈湘妃怨・懷古〉：「秋風遠塞皂雕旗，明月高台金鳳杯，紅妝肯為蒼生計。……漢和番昭君去，越吞吳西子歸；戰馬空肥。」昭君出塞和親圖裡的「皂雕旗」，以及西施姑蘇夜飲圖中的「金鳳杯」，均展現了「肯為蒼生計」的蛾眉光輝，益發突顯出朝中那些驕奢淫逸，故意使「戰馬空肥」的無能君臣；在宋朝，昭君被宋朝文人視為真正的「鬚眉」，王安石甘冒生生世世被誤解的「隱晦」，寫下了〈明妃曲〉二首，其一：

> 明妃初出漢宮時，淚濕春風鬢腳垂；低迴顧影無顏色，尚得君王不自持。歸來卻怪丹青手，入眼平生幾曾有；意態由來畫不成，當時枉殺毛延壽。一去心知更不歸，可憐著盡漢宮衣。寄聲欲問塞南事，只有年年鴻雁飛。家人萬里傳消息，好在氈城莫相憶；君不見，咫尺長門閉阿嬌，人生失意無南北！[15]

---

[14] 清・吳雯，〈明妃〉：「不把黃金買畫工，進身羞與自媒同。始知絕代佳人意，即有千秋國士風。環珮幾曾歸夜月，琵琶唯許託賓鴻。天心特為留青冢，春草年年似漢宮。」沈德潛等編，《清詩別裁集》（上）（上海：古籍出版社，1992 年），頁 583。

[15] 轉引自繆鉞等編，《宋詩大觀》〈王安石〉（上海：辭書出版社 1988

正史中，並無毛延壽按圖索賄，後被棄市的記載，王安石表
面上替毛延壽喊冤，其實是在強調昭君的美，是美到「意態
由來畫不成」，然而，在「君不見，咫尺長門閉阿嬌，人生
失意無南北！」橫插入被漢武帝打入冷宮的陳皇后，王安石
此詩真正的用意，是在為新法不行自我安慰，此可從〈明妃
曲〉其二之「漢恩自淺胡自深，人生樂在相知心。」[16]看出；
王安石將不得君王相知（不管紅顏或國士）視為人生最大的
不幸，這是王安石所要透露的無奈；王安石秉著：「欲傳道
義心雖壯，強學文章力已窮。他日若能窺孟子，終身何敢望
韓公。」[17]欲效法韓愈「抗顏」而言的膽量，用「借漢議宋」
的手法，把矛頭對準當時甘願歲納幾十萬兩銀，百般阻撓對
遼與西夏用兵的決策者，〈明妃曲〉二首一出，「遭人彈射」、
「務一時為新奇，求前人所未道。」[18]馬上引來多位反對新
法者的「和」聲[19]，其中以歐陽脩自詡為平生最得意的〈和
王介甫明妃曲〉二首，最為後人稱道。

年），頁230。

[16] 宋‧王安石，〈明妃曲二首〉之二：「明妃初嫁與胡兒，氈車百輛皆
胡姬。含情欲說獨無處，傳與琵琶心自知。黃金桿撥春風手，彈看飛
鴻勸胡酒。漢宮侍女暗垂淚，沙上行人卻回首。漢恩自淺胡自深，人
生樂在相知心。可憐青冢已蕪沒，尚有哀弦留至今。」

[17] 《王安石全集》卷22〈奉酬永叔見贈〉，頁136。

[18] 參見高步瀛選注，《唐宋詩舉要》引李雁湖語。（台灣：學海出版社，
1986年），頁329。

[19] 王安石作於嘉祐四年的〈明妃曲二首〉，梅堯臣、歐陽修、司馬光、
劉敞皆有和作。

　　歐陽修〈和王介甫明妃曲〉二首之一[20]，純為昭君遠嫁抱屈，未見其他新意，〈和王介甫明妃曲〉之二：「紅顏勝人多薄命，莫怨春風當自嗟。」[21]歐陽脩要昭君莫怨「紅顏薄命」，其實是勸王安石要想開一點；〈和王介甫明妃曲〉二首之令歐陽修得意不已，視為平生最佳之作，應在「漢宮」的「新聲譜」，「爭按」二語，罵到了專喜「新聲」的宋朝皇帝，歐陽修此詩一出，未遭粉飾太平之人檢舉，沒被宴安如故的皇帝砍頭，還在酒後說出「李、杜不能為」的真言[22]，此為歐陽脩因〈和王介甫明妃曲〉得意的原因。

　　歐、王二人之〈明妃曲〉，在表現手法上，皆提到昭君令君王「入眼平生幾曾有」且「不自持」的「春風貌」，兩人同時化用了杜甫〈詠懷古蹟〉（五首其三）之「畫圖省識春風面」[23]，昭君不管是雲鬟半偏、花冠不整、淚滿腮頰；

---

[20] 宋・歐陽修，〈和王介甫明妃曲二首〉之一：「胡人以鞍馬為家，射獵為俗。泉甘草美無常處，鳥驚獸駭爭馳逐。誰將漢女嫁胡兒？風沙無情面如玉。身行不遇中國人，馬上自作思歸曲。推手為琵卻手琵，胡人共聽亦咨嗟。玉顏流落死天涯，琵琶卻傳來漢家。漢宮爭按新聲譜，遺恨已深聲更苦。纖纖女手生洞房，學得琵琶不下堂。不識黃雲出塞路，豈知此聲能斷腸。」

[21] 宋・歐陽修，〈和王介甫明妃曲二首〉之二：「漢宮有佳人，天子初未識。一朝隨漢使，遠嫁單于國。絕色天下無，一失難再得。雖能殺畫工，于是竟何益？耳目所及尚如此，萬里安能制夷狄？漢計誠已拙，女色難自誇。明妃去時淚，灑向枝上花。狂風日暮起，飄泊落誰家？紅顏勝人多薄命，莫怨春風當自嗟。」

[22] 參見繆鉞等編，《宋詩大觀》〈王安石〉，頁 132。

[23] 唐・杜甫，〈詠懷古蹟〉之三：「群山萬壑赴荊門，生長明妃尚有村。一去紫臺連朔漠，獨留青冢向黃昏。畫圖省識春風面，環珮空歸月夜魂。千載琵琶作胡語，分明怨（一作愁）恨曲中論。」《全唐詩》卷230，頁 2511。

或是《後漢書・南匈奴列傳》中：「豐容靚飾，光明漢宮。」如玉之顏不敵無情風沙，愈寫昭君「不世出」的容貌，文人心中那份「歷史意識的單相思」[24]，就愈發的「不自持」了。

文人心中的「歷史意識的單相思」，另可從胡、漢之別略窺，陳寅恪認為胡、漢之別不在血統而在文化，作為文化標誌的就是「衣冠文物」[25]；昭君初嫁時，歐陽脩以散文開頭的「以鞍馬為家，射獵為俗。」形容胡人的生活型態有如飛鳥走獸；王安石則是「氈車百輛皆胡姬」來迎昭君，呼應了「漢恩自淺胡自深」，不論王安石筆下，「可憐著盡漢宮衣」的昭君，或是杜甫筆下，死後「環珮空歸月夜魂」的昭君，出身於「衣冠文物」，最後老死異鄉的昭君，無疑是對「文化」漢家提出無言的控訴。

「沙上行人卻回首」，只道盡了昭君心中，「身行不遇中國人」的惶惑；歐陽脩讓「胡人共聽亦咨嗟」的琵琶聲傳來漢家，出自洞房的纖纖女，手「爭按新聲譜」、「學得琵琶不下堂」，為的無非是希望「一朝選在君王側」，借上之所好的「新聲」，暗批割掉「燕雲十六州」之後，文人心中「遺恨已深聲更苦」的國事；歐陽脩採用了與王安石相同的，「藉漢議宋」的手法，言「漢計誠已拙」，馬上急轉「女色難自誇」，這等功力，確為王安石所不及。

---

[24] 康正果，《風騷與艷情――中國古典詩詞的女性研究》（河南：人民出版社，1988 年），頁 125。

[25] 參見繆鉞等編，《宋詩大觀》〈王安石〉，頁 231。

　　《西京雜記》所提到的毛延壽，白居易言：「自是君恩薄如紙，不須一向恨丹青。」[26]王安石卻認為「意態由來畫不成，當時枉殺毛延壽。」昭君美得難畫也好，自恃容貌，不肯花錢為自己買機會也罷，王安石替一干同日棄市的畫工申冤，倒還持平；歐陽脩言：「雖能殺畫工，於事竟何益。」「紅顏勝人多薄命，莫怨春風當自嗟。」要「紅顏」自嗟「薄命」的，隋代薛道衡〈明君詞〉，第一個道出此看法：「……不蒙女史進，更失畫師情。蛾眉非本質，蟬鬢改真形。專由妾命薄，誤使君恩輕。……」[27]而認為毛延壽「忍為黃金不為人」的李商隱[28]；「共恨丹青人」，為所有後宮蛾眉激動的常建[29]；「幾度思歸還把酒，拂雲堆上祝明妃。」的杜牧[30]，以及《全唐詩》樂府舊題〈相和歌・吟漢曲〉中，唐代詩人大量詠昭君的詩歌，從中可看出唐朝男人不用「借漢議唐」，詠起昭君自然比宋代文人較無歷史包袱。

---

[26] 唐・白居易，〈昭君怨〉：「明妃風貌最娉婷，合在椒房應四星。只得當年備宮掖，何曾專夜奉帷屏。見疏從道迷圖畫，知屈那教配虜庭。自是君恩薄如紙，不須一向恨丹青。」《全唐詩》卷 23，頁 297。

[27] 《全漢三國晉南北朝詩》〈全隋詩〉卷 2。

[28] 唐・李商隱，〈王昭君〉：「毛延壽畫欲通神，忍為黃金不為（集作顧）人。馬上琵琶行萬里，漢宮長有隔生春。」《全唐詩》卷 19，頁 214。

[29] 唐・常建，〈昭君墓〉：「漢宮豈不死，異域傷獨沒。萬里馱黃金，蛾眉為枯骨。回車夜出塞，立馬皆不發，共恨丹青人，墳上哭明月。」《全唐詩》卷 144，頁 1460。

[30] 唐・杜牧，〈題木蘭廟〉：「彎弓征戰作男兒，夢裡曾經與畫眉。幾度思歸還把酒，拂雲堆上祝明妃。」《全唐詩》卷 523，頁 5987。

（二）關山萬里，故國遙極

　　儲光羲〈明妃曲〉四首之三：「日暮驚沙亂雪飛，傍人
相勸易羅衣。強來前殿看歌舞，共侍單于夜獵歸。」[31]儲光
羲不同於其他寫景敘事者，代昭君道出在胡地無聊至極的生
活；昭君觸眼所及，盡是不同於漢地的北國沙雪，「相勸」、
「強來」的過活著，內心自是感到鄉土倍親，思歸故里了！

　　江淹〈恨賦〉：「明妃去時，仰天太息。紫臺稍遠，關
山無極。……望君王兮何期，終蕪絕兮異域。」[32]「紫臺稍遠」
之後的「蕪絕」，有類蒙太奇手法；陳昭：「漢地隨行盡，
胡關逐望新。」[33]把昭君對家鄉的最後一瞥植入了記憶深處；
盧照鄰：「漢宮草應綠，胡廷沙正飛。」[34]形容的是邊走邊看
著胡、漢兩地，景色迥異的昭君；李白嘆的是：「今日漢宮
人，明朝胡地妾。」[35]到了宋朝姜夔筆下，昭君只能「暗憶江
南江北」[36]了！而對視「壯遊」為當然的人生歷練的唐朝詩人，
昭君到胡地的「遠遊」，最能激起他們無盡的同情。

---

[31] 唐・儲光羲，〈明妃曲四首〉之三，《全唐詩》卷 19，頁 213。

[32] 梁・蕭統編、唐・李善注，《昭明文選》，清・胡克家覆宋淳熙本卷
16（台北：漢京文化事業公司，1983 年），頁 235~237。

[33] 唐・陳昭〈昭君詞〉：「跨鞍今永訣，垂淚別親賓。漢地隨行盡，胡
關逐望新。交河擁塞霧，隴日暗沙塵。唯有孤明月，猶能遠送人。」
《全唐詩》卷 19，頁 214。

[34] 唐・盧照鄰〈昭君怨〉：「合殿恩中絕，交河使漸稀。肝腸辭玉輦，
形影向金微。漢宮草應綠，胡廷沙正飛。願逐三秋雁，年年一度歸。」
《全唐詩》卷 19，頁 211。

[35] 唐・李白〈王昭君二首〉之二：「昭君拂玉鞍，上馬啼紅顏。 今日漢
宮人，明朝胡地妾。」《全唐詩》卷 19，頁 213。

[36] 宋・姜夔，〈疏影・詠梅〉：「昭君不慣胡沙遠，但暗憶江南江北。
想珮環月夜歸來，化作此花幽獨。」

　　生來「玉艷光瑤質」[37]的昭君，白居易強調的是她的玉顏，受到「滿面胡沙滿鬢風」[38]的摧殘；王偃形容的是「一雙淚滴黃河水」[39]，「流」（諧音「留」）不得漢家的昭君；至於鐵口斷定昭君「西嫁無來日」的李白，也只能為她發出「死留青冢使人嗟」[40]的浩嘆。陳昭給了昭君「明月」為伴；盧照鄰給了昭君「秋雁」南歸的想望，到了姜夔，把杜甫：「環珮空歸月夜魂」，化作「花魂一縷」，月夜魂歸的昭君，縱使「漢宮常有隔生春」[41]，又如何撫慰得了後世表面上「悲遠嫁人」[42]，實際上卻苦於無法留名於後、自傷不遇的貶謫之人？

37　梁・簡文帝，〈明君詞〉：「玉艷光瑤質，金鈿婉黛紅。一去蒲萄觀，長別披香宮。秋簷照漢月，愁帳入胡風。妙工偏見詆，無由情恨通。」
38　唐・白居易，〈王昭君〉：「滿面胡沙滿鬢風，眉銷殘黛臉銷紅。愁苦辛勤憔悴盡，如今卻似畫圖中。漢使卻迴憑寄語，黃金何日贖蛾眉。君王若問妾顏色，莫道不如宮裡時。」《全唐詩》卷19，頁213。
39　唐・王偃，〈明君詞〉：「北望單于日半斜，明君馬上泣胡沙。一雙淚滴黃河水，應得東流入漢家。」《全唐詩》卷19，頁214。
40　唐・李白，〈王昭君二首〉之一：「漢家秦地月，流影照明妃。一上玉關道，天涯去不歸。漢月還從東海出，明妃西嫁無來日。燕支長寒雪作花，蛾眉憔悴沒胡沙。生乏黃金枉畫圖，死留青冢使人嗟。」《全唐詩》卷19，頁213。
41　唐・李商隱〈王昭君〉：「毛延壽畫欲通神，忍為黃金不為人。馬上琵琶行萬里，漢宮常有隔生春。」按：「隔生春」有二解：周振甫認為：「昭君死後墳稱為青塚，隔生春指隔世才在墳上顯出春色。」暗指自己的才華，只有隔世以後才會被稱讚。參見《李商隱絕句初探》。另：隔生春之「春」，即「畫圖省識春風面」之「春風面」（美麗的容貌），長留於漢宮的，唯其生前畫圖上之春風面而已，必待隔生方受重視，亦為一切志士才人之悲劇。參見《李商隱詩歌集解》。
42　唐・張文琮，〈明君詞〉：「我（一作戎）途飛萬里，回首望三秦。忽見天山雪，還疑上苑春。玉痕垂淚粉，羅袂拂胡塵。為得胡中曲，還悲遠嫁人。」《全唐詩》卷19，頁214。

鄭域〈昭君怨・梅花〉：

> 道是花來春未，道是雪來香異。竹外一枝斜，野人家。
>
> 冷落竹籬茅舍，富貴玉堂瓊榭。兩地不同栽，一般開。[43]

「兩地不同栽，一般開。」縱使關山路遙，歸國無門[44]，昭
君與呼韓邪單于生一男，與呼韓邪單于之子復株絫若鞮單于
生二女，完全融入了胡俗，宋代的鄭域以最近史實的眼光，
最積極的心態來看待此事，大異諸家。

（三）妍媸能顛倒，紅顏豈誤人

李白〈王昭君二首〉之一：「生乏黃金枉畫圖」，認為
家中貧窮的昭君，無黃金賄賂畫工，李白這個「新解」，與
一般認為昭君自恃容貌，羞與自媒，大有差距。李白言昭君
生乏黃金，枉作胡人，此一推論與蔡邕《琴操》大異；《琴
操》載：

> 昭君，齊國王穰女，端正閑麗，未嘗窺門戶。穰以其有
> 異於人，求之者皆不與。年十七，獻之元帝，元帝以地
> 遠不之幸，……。[45]

---

[43] 宋・鄭域，〈昭君怨・梅花〉。《宋詞精華分類品匯》頁1017。

[44] 《後漢書・南匈奴傳》：「生二子。及呼韓邪死，其前閼氏子代立，
欲妻之，昭君上書求歸，成帝敕令從胡俗，遂復為後單于閼氏焉。」
頁2941。

[45] 東漢・蔡邕撰，《琴操》卷下〈怨曠思惟歌〉。

《琴操》記昭君是可居的「奇貨」，生在「千門萬戶玉樓台」[46]的人家，乃理所當然，試想昭君剛入宮時，有著「自倚嬋娟望主恩」的打算，卻「黃金不買漢宮貌」[47]地過了五、六年，以二十一、二歲的年紀，尚「自矜妖艷色，不顧丹青人。……卻使容華翻誤身。」[48]昭君的「長銜漢掖悲」[49]自是情理之中；昭君對終身大事的堅持，就連她老謀深算的親爹也沒算到，揣摩正史所未載的，昭君之怨的詩人們，其忖度昭君心情之處，最堪玩味；崔國輔〈王昭君〉：「一回望月一回悲，望月月移人不移。何時得見漢朝使，為妾傳書斬畫師。」[50]郭元振〈王昭君〉之三：「聞有南河信，傳聞殺畫師。始知君惠重，更遣畫蛾眉。」[51]崔、郭二人筆下「斬畫師」的情節，雖是為昭君出氣，然均不如東方虯「自然衣帶緩，非是為腰身。」以及庾信〈王昭君〉：「腰圍無一尺，垂淚有千行。」更能凸顯昭君「無由情恨通」[52]的怨苦。

---

[46] 唐‧李端，〈明君詞〉：「李陵初送子卿回，漢月明明照帳來。憶著長安舊遊處，千門萬戶玉樓台。」《全唐詩》卷19，頁214。

[47] 唐‧釋皎然，〈王昭君〉：「自倚嬋娟望主恩，誰知美惡忽相翻。黃金不買漢宮貌，青塚空埋胡地魂。」《全唐詩》卷19，頁213。

[48] 唐‧劉長卿，〈王昭君歌〉：「自矜妖艷色，不顧丹青人。那知粉繢能相負，卻使容華翻誤身。上馬辭君嫁驕虜，玉顏對人啼不語。北風雁急浮清（一作雲）秋，萬里獨見黃河流。纖腰不復漢宮寵，雙蛾長向胡天愁。琵琶弦中苦調多，蕭蕭羌笛聲相和。可憐一曲傳樂府，能使千秋傷綺羅。」《全唐詩》卷151，頁1579。

[49] 唐‧郭元振，〈王昭君〉：「自嫁單于國，長銜漢掖悲。容顏日憔悴，有甚畫圖時。」《全唐詩》卷19，頁212。

[50] 《全唐詩》卷119，頁1205。

[51] 《全唐詩》卷19，頁212。

[52] 梁‧簡文帝，〈昭君怨〉。轉引自宋‧李昉等編《文苑英華》卷204，《四庫全書》文淵閣本，集部，總集類。

　　罵「無情是畫師」[53]也可，嘆「蛾眉誤殺人」[54]也罷；不管是「圖畫失天真，容華坐誤人。」[55]或是「早信丹青巧，重貨洛陽師。」[56]昭君在「羞對單于照舊顏」[57]的同時，心中或許曾有一問：「黃金何日贖蛾眉？」[58]然隨著年華老去，「妾死非關命，祇緣怨斷腸。」[59]塞外邊城的苦寒，為了生存所導致的戰爭，連和親也止不了的戰爭，「漢將新從虜地來，旌旗半上拂雲堆。」[60]漢代位於受降城所在的「拂雲堆」[61]，昭君在眼見胡人南下牧馬的場面時，怨的應是春風為何總是不度，造化依舊兩地弄人。李益：「不見天邊青草

---

[53] 唐‧沈佺期〈王昭君〉：「非君惜鸞殿，非妾妒蛾眉。薄命由驕虜，無情是畫師。嫁來胡地惡，不並漢宮時。心苦無聊賴，何堪上馬辭。」《全唐詩》卷 19，頁 211。

[54] 梁‧施榮泰，〈王昭君〉：「垂羅下椒閣，舉袖拂胡塵。唧唧撫心嘆，蛾眉誤殺人。」

[55] 唐‧梁獻，〈王昭君〉：「圖畫失天真，容華坐誤人。君恩不可再，妾命在和親。淚點關山月，衣銷邊塞塵。一聞陽鳥至，思絕漢宮春。」《全唐詩》卷 19，頁 211。

[56] 梁‧范靜婦沈氏，〈昭君歎〉：「早信丹青巧，重貨洛陽師。千金買蟬鬢，百萬寫蛾眉。今朝猶漢地，明旦入胡關。情寄南雲反，思逐北風還。」

[57] 唐‧楊凌之，〈詠史〉：「漢國明妃去不還，馬馱絃管向陰山。匣中雖有菱花鏡，羞對單于照舊顏。」《全唐詩》卷 23，頁 297。

[58] 唐‧白居易〈王昭君二首〉之二：「漢使卻回憑寄語：黃金何日贖蛾眉？君王若問妾顏色，莫道不如宮裡時。」《全唐詩》卷 19，頁 213。

[59] 唐‧顧朝陽，〈王昭君〉：「莫將鉛粉匣，不用鏡花光。一去邊城路，何情更畫妝。影銷胡地月，衣盡漢宮香。妾死非關命，祇緣怨斷腸。」《全唐詩》卷 19，頁 212。

[60] 唐‧李益，〈拂雲堆〉：「漢將新從虜地來，旌旗半上拂雲堆。單于每向沙場獵，南望陰山哭始回。」《全唐詩》卷 283，頁 3224。

[61] 「拂雲堆」又名「拂雲祠」，在今天綏遠烏喇特旗西北。

塚，古來愁殺漢昭君。」[62]杜牧「拂雲堆上祝明妃」，兩人可算是把昭君的怨，推到最無告的怨天怨地！

唯一對昭君遠嫁，持樂觀想法的是韋莊〈綏州作〉：「明妃去日花應笑」[63]，昭君和親，能替自己安排出一條「生路」，這種胸襟與器識，幾人能夠？昭君身行萬里，遠赴異域敦睦邦誼，其智能遠宮廷紛爭，何怨之有？十八世紀末，中國浪漫怪誕文人王曇曾說：「一幅紅裙，包裹了十二萬年青史。」[64]昭君心中是否有怨，後代文人或度其心，或暗寓己懷的憫念之作，對昭君和親所引起的不平之鳴，正如清朝劉獻廷〈昭君詞〉所言：「宮中多少如花女，不嫁單于君不知。」

四、結語

昭君出塞後，其兄弟被朝廷封為侯爵，曾多次奉命出使匈奴，與昭君相見敘親情；老年方娶昭君的呼韓邪單于，更是把昭君當做「天上掉下來的禮物」，寵愛有加；昭君第二年就替呼韓邪單于生下一子，取名為伊督智牙師，後來被封為右日逐王；伊督智牙師生下一年後，呼韓邪去世，昭君時年二十四歲，依照匈奴習俗，昭君成了呼韓邪長子的妻子，

---

[62] 唐·李益，〈登夏州城觀送行人賦得六州胡兒歌〉，《全唐詩》卷282，頁3211。

[63] 五代·韋莊，〈綏州作〉：「雕陰無樹水南流，雉堞連雲古帝州。帶雨晚駝鳴遠戍，望鄉孤客倚高樓。明妃去日花應笑，蔡琰歸時鬢已秋。一曲單于蕃烽起，扶蘇城上月如鉤。」《全唐詩》卷698，頁8039。

[64] 轉引自譚正璧，《中國女性的文學生活》（台北：莊嚴出版社，1982年），頁3。

昭君替他生下兩個女兒，長女叫雲，次女叫當，二女分別嫁給匈奴貴族；而她與呼韓邪單于所生的兒子伊督智牙師，使匈奴日益強盛，後來與東漢交惡，被竇憲追擊，一路西竄，越過蔥嶺進入歐洲，打敗哥特人占領其地，建立匈奴帝國，也就是後來的匈牙利和塞爾維亞等國。史書記載，昭君才離開三個月，漢元帝就死了，如此來看，昭君運氣實在不錯，她讓漢、匈兩國數世不見烽煙，後人認為昭君和親的功勞，不下於漢代名將霍去病與衛青，其墓號為「青塚」，墓碑上刻有：「一身歸朔漠，數代靖兵戎；若以功名論，幾與衛霍同。」不論昭君是如花之齡願抵異鄉；還是情非得已為靖兵戎，身為中國四大美人之一的王昭君，正如王曇所言：「一幅紅裙，包裹了十二萬年青史。」美人之為美，其美在此。

本文刊登於國立暨南國際大學，《暨大電子雜誌》第 45 期，2007 年 1 月。

豬八戒的多情與悲情

一、前言

　　《西遊記》[1]是我國四大奇書之一，清·張書紳《新說西遊記總批》，將《西遊記》概括為「五奇」[2]，其第二奇——人物「皆奇人」，作者吳承恩對悟空與八戒的專力描寫，使得西天取經的故事，主角不再是唐三藏，而是悟空與八戒。數百年來，人人羨慕孫悟空，無人不識豬八戒，《西遊記》的逗趣場面，隨處可見八戒的幽默，此與八戒善巧的語言能力有關；在取經隊伍中，唯一的悲劇，就是一百回如來封佛，八戒不能成佛的悲情，八戒無法成佛的原因，是跟他與生俱來的「多情」密不可分。眾人口中的「獃子」、「夯貨」，充滿弱點的豬八戒，其直接面對自我的部分，是《西遊記》一書最令人深思之所在。

---

[1] 明·吳承恩，《西遊記》，台北：河洛圖書出版社，1981 年。下引版本同。以下內文所引均只註明回數、頁數。

[2] 一、所寫環境「皆奇地」；二、人物「皆奇人」；三、故事「皆奇事」；四、時空「皆奇想」；五、「詩詞歌賦，學貫天人，文絕地記，左右回環，前伏後應，真其文也。」轉引自田同旭，〈論《西遊記》中俗語諺言〉，《運城學院學報》第 22 卷第 4 期，2004 年 8 月。

二、「八戒」釋名

　　豬八戒原是掌管天河八萬水軍的天蓬元帥，因酒後亂性，戲弄嫦娥，被玉帝打了二千鎚貶下凡，誤投入母豬胎；八戒與沙悟淨一樣，未成為唐三藏的徒弟之前，已是觀音菩薩親自摩頂授戒的弟子；觀音為八戒取法名「悟能」，唐三藏因悟能受戒以後，已不吃「五葷」、「三厭」[3]，因此另外替他取了個「八戒」的別名；豬八戒一再強調自己不是「老彘」、「野豕」，也跟一般讀書人一樣，給自己取了個「官名」[4]，叫「豬剛鬣」（第 18 回，頁 224），「剛鬣」是豬的俗稱，從自行取「官名」一事來看，顯示作者一開始就意在強調豬八戒，有基本的文化水平。

　　第十九回八戒對悟空自報家門，說自己是「自小生來心性拙，貪閒愛懶無休歇。不曾養性與修真，混沌迷心熬日月。」（頁 227）第三十六回於寶林寺，八戒還曾經對月吟詩：

　　　　缺之不久又團圓，似我生來不十全。喫飯嫌我肚子大，
　　　　拿碗又說有黏涎。他都伶俐修來福，我自痴愚積下緣。
　　　　我說你取經還滿三途業，擺尾搖頭直上天。（頁 453）

自名「剛鬣」又坦承「痴愚」的八戒，作者安排唐三藏替他取第二個法名「八戒」，不僅是他從觀音受戒後，已斷了「五

---

[3] 「五葷」指佛教忌食的大蒜、小蒜、洋蔥、蔥、韭；「三厭」的「厭」，有「不忍食」的意思，指的是道教忌食，有夫婦倫常的「雁」、保家的「狗」、有忠敬之心的「烏魚」（烏龜）。

[4] 乳名以外的正式名字。

葷」、「三厭」，遵守佛、道二教對食物的戒律，而是希望
他能遵守「八戒齋」，「八戒」又稱八關齋、八齋戒、八支
齋，簡稱八戒。

　　「八戒齋」是過去、現在諸佛，為在家人制定的出家法，
《菩薩本緣經》記諸龍問龍王何謂「八戒齋」，龍王回答：

> 一者不殺；二者不盜；三者不婬；四者不妄語；五者不
> 飲酒；六者不坐臥高廣床上；七者不著香華瓔珞，以香
> 塗身；八者不作倡伎樂不往觀聽。[5]

《受十善戒經》將七、八戒合為一戒，另加上第八戒──「不
食非食」，也就是「過午不食」[6]，受持「八戒」的功德，
除了死後能夠不墮入三惡道，於人、天二道中，均為最高[7]；
唐三藏替已斷五葷、三厭的「豬剛鬣」取名「八戒」，就是
希望他能做到《菩薩本緣經》所說的，成為一個遵守「八齋
戒」的好和尚。

---

[5]　吳・支謙譯，《菩薩本緣經》卷三〈龍品〉第八。
[6]　《受十善戒經》卷一：「一者不殺；二者不盜；三者不婬；四者不妄
　　語；五者不飲酒；六者不坐高廣大床；七者不作倡伎樂故往觀聽，不
　　著香熏衣；八者不過中食。」
[7]　《受十善戒經》卷一：「持此受齋功德，不墮地獄、不墮餓鬼、不墮
　　畜生、不墮阿修羅；常生人中，正見出家得涅槃道；若生天上，恒生
　　梵天；值佛出世，請轉法輪；得阿耨多羅三藐三菩提。」

三、「八戒」笑談

（一）八戒的語言天分

　　悟空曾戲稱如來是「妖精的外甥」（七十七回，頁974）；罵太上老君「縱放家屬為邪」[8]；說存心要試三藏師徒是否真心取經的觀音，是「一世無夫」（三十五回，頁441。）不同於悟空在語言上的犀利便給，八戒的語言天分，有其自成一家的特色；第四十回，紅孩兒變做七歲小孩要拐走唐三藏，把自己吊在樹上，不住口的喊「救人！」三藏大驚道：

> 「徒弟呀，這半山中，是哪裡甚麼人叫？」行者上前道：
> 「師父只管走路，莫纏甚麼『人轎』、『騾轎』、『明轎』、
> 『睡轎』。這所在，就有轎，也沒個人抬你。」（頁498）

悟空並非不懂「叫」喚的「叫」，不是扛「轎」的「轎」，故意胡說歪纏，正是吳承恩展現出有滑稽性格的中國文人，「能亂同異」的「諧隱」手法[9]；吳承恩並沒有獨厚悟空，第二十回，取經隊伍抵達八百里黃風嶺之前，三藏師徒在王老家用齋，所有人都吃不到兩碗飯，八戒一碗一口，連吃了十幾碗還不停手，王老見狀道：

8　老君讓看守金、銀爐的童子，應觀音之請，帶了煉丹用的諸多寶貝，託化妖魔，下界成了金、銀二怪。

9　朱熹，《楚辭集注・楚辭辯證》卷下，引《史記索隱》：「滑，亂也；稽，同也。言辯捷之人，言非若是，言是若非，能亂同異也。」文淵閣本《四庫全書》，集部，楚辭類。

> 「倉促無殽，不敢苦勸，請再進一筯。」……八戒道：
> 「老兒滴答（囉嗦之意）甚麼，誰和你發課，說甚麼五
> 爻六爻；有飯只管添將來就是。」（頁 243）

算命卜卦稱為「發課」，六爻成一卦，八戒故意把卦「爻」
的「爻」，諧音雙關「殽食」的「殽」，這種言此而意彼的
手法，吳承恩讓「貪閒愛懶」的八戒，發揮得淋漓盡致，八
戒的語言天分，用在師兄悟空、師父三藏身上，更顯出眾人
管叫「獃子」的八戒，是一點也不獃；第二十一回，悟空被
黃風怪的「三昧神風」，吹得眼珠酸痛、淚眼汪汪，臨睡前，
悟空只能夠閉著眼睛亂摸，八戒笑道：

> 「先生，你的明杖兒呢？」行者道：「你這個食囊糠的
> 獃子！你照顧我做瞎子哩！」（頁 256）

八戒對於形容他只會死命塞、拼命吃（食囊），本領卻比他
高許多的悟空，只敢挖苦他像個瞎了眼的說書先生，在找探
路的手杖；而悟空對於八戒，在師兄的身份之外，還身負善
知識的重任，他告訴挑行李的八戒，要當個秉正沙門，須得
喫辛受苦，八戒聽了，先不說行李擔有多重，隨口就是八句
順口溜：

> 四片黃藤篾，長短八條繩。又要防陰雨，氈包三四層。
> 匾擔還愁滑，兩頭釘上釘。銅鑲鐵打九環杖，篾絲藤纏
> 大斗篷。（二十三回，頁 276。）

八戒連訴苦都能發揮他的語言天分，對悟空說：「偏你跟師父做徒弟，拿我做長工！」抱怨歸抱怨，直腸子的八戒在形容自己時，非常有自知之明，第三十八回，悟空要把烏雞國王的屍體從井裡弄出來，卻騙八戒說是要一起去偷寶貝，八戒道：

> 我不如你們乖巧能言，人面前化得出齋來；老豬身子又夯，言語又粗，不能念經，若到那無濟無生處，可好換齋喫嗎？（三十八回，頁474。）

八戒為了要獨吞寶貝，一點也不掩飾他的貪心，這番可笑的真情告白，蘊藏著的，是貪、瞋、痴三毒之首，「貪」的愚痴；八戒的愚痴，部分要歸罪於身為師父的三藏，沒有善盡教導的責任，第九十二回，金平府的二百四十家燈油大戶，為了感謝三藏師徒幫他們消滅了詐稱神佛，卻專偷燈油的犀牛怪，各家辦齋筵酬賞三藏師徒，三藏為趕取經，天未明要啟程，睡得「夢夢乍」（迷迷糊糊）的八戒埋怨道：

> 「又是這長老（指三藏）沒正經！二百四十家大戶都請，纔喫了有三十幾頓飽齋，怎麼又弄老豬忍餓！」長老聽言罵道：「食囊糟的夯貨！莫胡說！快早起來！再若強嘴，教悟空拿金箍棒打牙！」那獃子聽見說打，慌了手腳道：「師父今番變了，常時疼我，愛我，念我蠢夯護我；哥要打時，他又勸解；今日怎麼發狠轉教打麼？」（頁1153）

八戒的不見「己醜」，在他善巧的言語中，令人深思到「恃寵而驕」的學生，對於寵他的老師，心中的敬意已是了無幾分；八戒在面對嬌寵他的師父唐三藏時，經常把自己的「等流習氣」[10]一展無遺，第三十七回，三藏半夜被烏雞國王的鬼魂驚醒：

> 連忙叫：「徒弟！徒弟！」八戒醒來道：「甚麼『土地土地』？——當時我做好漢，專一喫人度日，受用腥羶，其實快活；偏你出家，教我們保護你跑路！原說只做和尚，如今拿做奴才，日間挑包袱牽馬，夜間提尿瓶務腳！這早晚不睡，又叫徒弟作甚？」（頁459）

八戒從原本在福陵山雲棧洞當「倒碴門」[11]，專門喫人度日；歸命觀音後，先到高老莊作招贅女婿，邊等著三藏路過同去取經，八戒心裡想的，全然不是要當個要保護取經者的「徒弟」；「在家」的習性，在取經路上一直主導著他，由「土地」的諧音帶出他當「徒弟」的牢騷，這番話才是八戒真正的心聲，也是他後來「果位」[12]不夠高，無法成佛的主因。

---

[10] 「等流習氣」，又稱作「名言種子」，是能生諸法的親因緣種子，由眼、耳、鼻、舌、身、意六識，與第七識末那識的善、惡、無記，長期薰習而成。

[11] 即男方在女家就親，為淮安方言，又叫「倒站門」，入贅之意。

[12] 由道力而證悟，稱為「果」，所證之果的地位，稱為「果位」。

（二）八戒的幽默

　　第四十八回，三藏告別了同宗的陳老，行經結冰的通天河，冰下的靈感大王迸開冰凍，要讓三藏師徒掉到河裡，以便活捉；眼明腳快的悟空立刻跳到空中：

> 卻說八戒、沙僧，在水裏撈著行囊，放在白馬身上馱了。分開水路，湧浪翻波，負水而出。只見行者在半空中看見，問道：「師父何在？」八戒道：「師父姓『陳』，名『到底』了。」（頁610）

在師父不見了的緊要關頭，八戒用三藏未出家前的俗姓——「陳」，雙關「沉」的音與義，八戒的幽默經常展現在臨危時的三言兩語，沖淡了不少緊張的氣氛；又如七十六回，八戒被獅駝洞的妖怪抓住，老怪嫌抓八戒沒用，其他三怪道：

> 「且綑了，送往後邊池塘裡浸著。待浸退了毛，破開肚子，使鹽醃了曬乾，等天陰下酒。」八戒大驚道：「罷了！罷了！撞見那販醃的妖怪也！」（頁958）

比起聰明到幹事找絕，說話合宜的悟空，八戒在性命交關之下的情急應變，顯見他的幽默是後天難學，與生俱來的；七十七回，獅駝洞的妖怪準備要把三藏師徒四人蒸來吃：

> 二怪道：「豬八戒不好蒸。」八戒歡喜道：「阿彌陀佛，是那個積陰騭的，說我不好蒸？」三怪道：「不好蒸，剝了皮蒸。」八戒慌了，厲聲喊道：「不要剝皮！粗自粗，湯響就爛了！」（頁967）

八戒除了是個語言高手之外，製造熱鬧的場面也是他的拿手
絕活，第二十六回，悟空請來正在蓬萊山白雲洞下棋的福、
祿、壽三星，一同想辦法醫活被他打倒了的，鎮元子的人參
果樹，八戒一看到海上三星：

> 見了壽星，近前扯住，笑道：「你這個肉頭老兒，許久
> 不見，還是這般脫洒，帽兒也不帶個來。」遂把自家一
> 個僧帽，撲的套在他頭上，撲著手呵呵大笑道：「好！
> 好！好！真是『加官進祿』也！」……扯住福星，要討
> 果子喫。他去袖裡亂摸，腰裡亂挖，不住的揭他衣服搜
> 檢。三藏笑道：「那八戒是甚麼規矩！」八戒道：「不
> 是沒規矩，此叫做『番番是福』。……瞅著福星，眼不
> 轉睛的發狠。福星道：『夯貨！我哪裡惱了你來，你這
> 等恨我？』八戒道：「不是恨你，這叫『回頭望福』。」
> （頁319）

八戒對專給有錢人「添福、添祿、添壽」的三星，無禮至極，
極盡嘲諷之能事，還原了三星的「奴才」本相[13]，對於相信
福、祿、壽三星能「添福、添祿、添壽」者，無異是當頭棒
喝，這是吳承恩「寓莊於諧」的高難度表演。

　　唐三藏的三位徒弟，其「非凡」的相貌，所引起的喜劇
效果，是《西遊記》中，饒富深趣的地方；每次要尋人家化

---

[13] 壽星把八戒套在他頭上的帽子摜了，「罵道：『你這個夯貨，老大不
　　知高低。』八戒道：『我不是夯貨，你等真是奴才！』福星道：『你
　　倒是個夯貨，反敢罵人是奴才！』八戒又笑道：『既不是人家奴才，
　　來道叫做添壽、添福、添祿？』」頁319。

齋，師兄弟三人，總把人嚇得東倒西歪，三藏也總不忘記提醒他們要裝斯文！莫放肆！八戒因為誤入母豬胎，面對無力回天的「長相」問題，卻展現出悟空與沙僧難以匹敵的，高度的自信，第二十回在黃風嶺，王老見了悟空三人，說道：「一個醜似一個的和尚。」八戒道：「我們醜自醜，卻都有用。」（頁241）二十九回，八戒對寶象國的滿朝文武道：「列位，莫要議論，我們是這般，乍看果有些醜；只是看下些時來，卻也耐看。」（頁357）五十六回，老楊向三藏形容悟空三人是「雷公、馬面、夜叉」，被三藏形容長得像馬面的八戒向三藏抗議：「我俊秀，我斯文，不比師兄撒潑。」悟空十分刻薄的回道：「不是嘴長、耳大、臉醜，便也是個好男子。」（頁709）七十四回，悟空在八百里獅駝嶺，變了個乾乾淨淨的小和尚要去打聽妖魔，問三藏他變的小和尚可好看，八戒不比悟空嘴巴刻薄，心胸開闊說道：「怎麼不好！只是把我們都比下去了。老豬就滾上二、三年，也變不得這等俊俏！」（頁928）八戒繼悟空之後去打聽妖怪，對著形容悟空還有「三分人相」，卻說他「一分人氣也沒有」的老者道：「我醜便醜，耐看，再停一時就俊了。」（頁930）九十三回，到了天竺舍衛國布金禪寺，不分僧俗，全來看東土來的三藏師徒用齋：

> 這時長老還正開齋念偈，八戒早是要緊，饅頭、素食、粉湯一攪直下。……，有知識的，讚說三藏威儀；好耍子的，都看八戒喫飯。卻說沙僧眼溜，看見頭底，暗把八戒捏了一把，說道：「斯文！」八戒著忙，急的叫將

起來，說道：「斯文！斯文！肚裡空空！」沙僧笑道：
「二哥，你不曉得。天下多少『斯文』，若論起肚子裡
來，正替你我一般哩！」（頁1157）

八戒對外表得「裝斯文」，以及一己的長相全不在意，與沙
僧兩人一搭一唱，把全天下那些光顧著外表裝斯文，只肥肚
子不長腦子的讀書人，一口罵盡；八戒的幽默，以及隨時展
現出來的自信，十分值得肯定。

四、八戒的多情

　　第十九回，八戒甫加入取經行列，一路上只要唐僧被抓
走，八戒就無時不想拆夥，老是想到萬一取經不成，還要再
回來高家作女婿；八十二回唐三藏被陷空山無底洞的老妖強
迫成親，八戒說出了他內心早就計畫周詳的，替每個人都安
排好了的，拆夥之後的未來人生：

　　　「沙和尚，快拿行李來，我們分了吧！」沙僧道：「二
　　　哥，又怎分的？」八戒道：「分了便你還去流沙河吃人，
　　　我去高老莊探親，哥哥去花果山稱聖，白龍馬歸大海成
　　　龍。」（頁1026）

八戒想跟高翠蘭過夫妻生活的心願，與取經修成正果，不可
避免的「恨苦修行」[14]，無時無刻不在八戒心中交戰；從十

---

[14] 八戒言：「我受了菩薩的戒行，又承師父憐憫，情願要服侍師父往西

九回到八十二回，八戒一遇到困難，動輒就想分行李，回高家莊抱老婆，八戒對高翠蘭的多情，經常表現在臨危之時，八戒腦中第一個浮現的念頭，不是如何解決妖怪，而是分完行李後，回高家莊找高翠蘭再續前緣；八戒對高翠蘭的深情眷戀，向來是研究《西遊記》的作者，少留意到的部分。

　　第三十回，三藏與沙僧均被黃袍怪抓去，八戒對龍馬說：「你掙得動，便掙下海去吧，把行李等老豬挑去高老莊上，回爐做女婿去啊。」（頁369）三十二回，悟空暗裡要凸顯自己有本事，表面上故意裝出鬥不過平頂山的妖怪，一路哭著回來，八戒一見淚眼汪汪的悟空，把「散夥」的細節說得更為具體：「沙和尚，……分了罷！你往流沙河還做妖怪，老豬往高家莊上盼盼渾家。把白馬賣了，買口棺木，與師父送老，大家散夥。」（頁393）五十七回，三藏第二次把悟空逐出師門後，被妖怪所變的假悟空打得頭面磕地，八戒取水回來，對沙僧說：「你看著師父的屍靈，等我把馬騎到那個府州縣鄉村店集賣幾兩銀子，買口棺木，把師父埋了，我兩個各尋道路散夥。」（頁717）

　　五十七回以前，八戒都只是口頭喊著要「拆夥」，拆夥的實際行動，出現在七十六回以後，悟空被老魔一口吞下後，拴住老魔的心，逼他抬轎送三藏過山，八戒不明就裡，早早奔回來說悟空被妖怪一口吞了；悟空回來後見三藏在地下打滾痛哭，八戒跟沙僧已經解了包袱，「將行李搭分兒，在那裡分哩！」（頁956）八十一回，三藏在鎮海寺病重三

天去，誓無退悔。這叫做『恨苦修行』。」第二十回，頁240。

日，八戒一點也不掩飾他對取經無望的想法，對悟空道：「我們趁早商量，先賣了馬，典了行囊，買棺木送終散夥。」（頁1015）八戒之所以遇困難老提拆夥，是跟他對於修成正果，不具堅定的信心有關；而使八戒信心不堅，魂牽夢縈的真正主因，則是他對成「家」的殷盼，八戒在取經途中，表現在外的，一件件「邪淫」的行為，其背後的主因，正是他隱藏著的，對高翠蘭的思念。

　　從二十三回到九十五回，八戒一遇美色，就老犯淫戒；二十三回，黎山老母、觀音、文殊、普賢化作一母三女，八戒色心大起，想來個以一佔三；菩薩變成的三個女兒，以一帕遮住八戒的頭，要讓他「撞天婚」[15]，八戒一個也抓不著，跌得嘴腫頭青，對菩薩變成的母親說道：「娘啊！既是他們不肯招我啊，你招了我罷。」（頁285）二十七回，白骨精變了個花容月貌的美女，八戒一見，認不出是妖怪，嘴油油的叫道：「女菩薩，往哪裡去？手裡提著是什麼東西？」（頁329）五十四回，八戒一見西梁國女王，「忍不住口嘴流涎，心頭撞鹿，一時間骨軟筋麻，好便似雪獅子向火，不覺得都化去也。」（頁683）七十二回，悟空在盤絲嶺，不想打脫光衣服，在濯垢泉洗澡的七個蜘蛛精，八戒卻自告奮勇，變作鯰魚精跳進去，專在蜘蛛精的腿襠裡亂鑽。（頁907）九十三回，八戒因為沒有被玉兔精變的假公主丟繡球招到親，責備沙僧過於慫懶；還說悟空不該跟著入朝，去保護故意被招到親的三藏，去管他被窩裡成親的事，結果被悟空罵道：

---

[15] 由老天爺安排的結婚，謂之「撞天婚」，如同拋綵球。

「你這個淫心不斷的夯貨。」（頁 1164）九十五回，眾人觀看月宮太陰星君收了假公主變回的玉兔，帶領著一班仙娥，欲返天竺國界時，八戒一見，動了欲心，「跳在空中，把霓裳仙子抱住道：『姊姊，我與你是舊相識，我和你耍子兒去也。』」（頁 1185）

八戒的好色，即十惡業中的「邪淫」[16]，八戒淫根不斷，原因就在他心頭的「色魔」難除，因而障道。明・李贄論及《西遊記》與佛教的淵源：

> 不曰東遊，而曰西遊，何也？東方無佛無經，西方有佛與經耳。東，生方也，心生種種魔生。西，滅地也，心滅種種魔滅。然後有佛，有佛然後有經耳。無佛則無佛可知。此所以不曰東遊，而曰西遊也。[17]

李贄言「西方有佛與經」，可視為「西遊」的客觀因素；心、魔的生滅，則是「西遊」的內在主因，《西遊記》的原旨正在此，有意思的是，明人評《西遊記》，大都認為《西遊記》旨在探討心如何制魔，能否制魔[18]；「心魔」能否降服，則決定於根機的利鈍，對於八戒來說，在取經路上，一樁樁的

---

[16] 十惡業，指身、口、意所行的十種惡行。殺生、偷盜、邪淫，屬於身業；妄語、綺語、兩舌、惡口，屬於語業；貪欲、瞋恚、愚癡屬於意業。

[17] 轉引自王平，〈論《西遊記》的原旨與接受〉，《東岳論叢》第 24 卷第 5 期，2003 年 9 月。

[18] 除了前舉之李贄、謝肇淛以外，尚有陳元之〈《西遊記》序〉：「是故攝心以攝魔，攝魔以還理。」袁于令〈《西遊記》題詞〉：「言真不如言幻，言佛不如言魔。魔非也，即我也。我化為佛，未佛皆魔。」轉引自《西遊記研究資料》，頁 556、557。

「色魔」纏心，是他真正的「魔考」，表現在外的行為，就是一遇難就想拆夥，回去當高家女婿，其背後的動機，全是他對高翠蘭念念不忘的深情。

五、八戒的悲情

　　集說謊、偷懶、好吃、貪財、好色於一身的八戒，向來被視為在物質與精神方面「五陰熾盛」的代表[19]；「五陰熾盛」苦，是八苦之一[20]，八戒的「五陰熾盛」，全表現得與他的「恨苦修行」相違背；一離開高家莊，步上取經路，就因喊說「長忍半肚飢」，被悟空罵他是個「戀家鬼」；三藏要他還回去高家莊做女婿，八戒不承認自己無法面對「長忍半肚飢」，還辯說自己是個有話直說的，「直腸的痴漢」（第二十回，頁 240），整部《西遊記》裡，作者對八戒的形容，沒有比這句更貼切。八戒自從歸命觀音後，在高老莊作了三年招贅女婿，表現出凡間男子的優點，但也因為他異於凡間男子的長相與行徑，即便多情體貼又努力幹活，換來的卻只是丈人高老意圖對他「斬草除根」，高老要藉悟空之手除掉八戒，原因之一是因為八戒的長相不夠「正常」。

　　高老跟悟空細說八戒入贅後的表現：

---

[19] 「五陰」是「五蘊」的舊譯，「陰」為障蔽之意，能障真如法性故名「陰」。
[20] 《瑜伽師地論》卷二：「七種苦，謂生苦、老苦、病苦、死苦、怨憎會苦、愛別離苦、求不得苦。」

> 只是老拙不幸，不曾有子，止生三個女兒，……第三的
> 名翠蘭，……要招個女婿，企望他與我同家過活，做個
> 養老女婿，撐門抵戶，做活當差。不期三年前，有一個
> 漢子，模樣兒倒也精緻，……就招了他。一進門時，倒
> 也勤謹：耕田耙地，不用牛具；收割田禾，不用刀杖。
> 昏去明來，其實也好；只是一件，有些會變嘴臉。（十
> 八回，頁221。）

從高老的形容來看，八戒當高家女婿，表現得可說是可圈可
點，種田勤謹，符合了高老想招「養老女婿」的基本條件，
壞就壞在八戒開始入贅時，變出來的模樣過於「精緻」，這
模樣經不起時間的考驗，八戒在日後不小心露出來的，真正
的「嘴臉」，是高老嫌棄他的原因之一；原因之二是八戒特
大的食腸，高老細數道：

> 一頓要吃三五斗米飯；早間點心，也得百十個燒餅纏穀。
> 喜得還喫齋素，若再喫葷酒，便是老拙這些家業田產之
> 類，不上半年，就喫個罄淨！（十八回，頁221。）

一旁聽著的三藏說了句公道話：「只因他做得，所以吃得。」
高老接著才道出要除掉八戒的真正原因：

> 他如今又會弄風，雲來霧去，走石飛砂，唬得我一家並
> 左鄰右舍，俱不得安生。又把那翠蘭小女關在後宅子裏，
> 一發半年也不曾見面，更不知死活如何。因此知他是個
> 妖怪，……壞了我多少清名，疏了我多少親眷。（十八
> 回，頁221~222。）

八戒將高翠蘭隔離開來，不與親人同住，為的是不讓高翠蘭
聽多了旁人說他是「妖怪」的話，因而煩心；高翠蘭親口跟
悟空形容他的丈夫是「天明就去，入夜方來。」此話可證明
八戒同樣也為丈人的「清譽」著想，晚上才行動是因為不想
白天見人，以免丈人老聽人說他招了個「妖怪女婿」，因而
心生煩惱；這樣體貼老婆跟丈人的八戒，在面對悟空變的高
翠蘭面前，一聽到「造化低了」的抱怨，忍不住把他三年在
高家莊的努力，說得一清二楚：

> 我得到了你家，雖是喫了些茶飯，卻也不曾白喫你的：
> 我也曾替你家掃地通溝，搬磚運瓦，築土打牆，耕田耙
> 地，種麥插秧，創家立業。如今你身上穿的錦，戴的金，
> 四時有花果享用，八節有蔬菜烹煎，你還有那些兒不趁
> 心處，這般短歎長吁，說甚麼造化低了！（十八回，頁
> 224。）

以世俗的眼光來看，八戒的確盡了養家活口的責任，之所以
夠不上好女婿的標準，一來是因他的醜嘴臉，「又會不得姨
夫，又見不得親戚。」二來是家世不詳，壞了丈人家的「高
門清德」；端看高老要給悟空「家財田地」[21]，作為求除掉
八戒的條件，八戒的悲情，也就躍然紙上了！

---

[21] 「那老高上前跪下道：『索性累你與我拿住，除了根，纔無後患。我
老夫不敢怠慢，自有重謝：將這家財田地，憑眾親友寫立文書，與長
老（悟空）平分。只是要剪草除根，莫教壞了我高門清德。』」第十
八回，頁224。

　　第十九回，八戒初入三藏門下，就央求高老：「爺，請
我拙荊出來拜見公公（三藏），伯伯（悟空），如何？」引
得悟空笑他：「你既入了沙門，做了和尚，從今後，再莫提
起那『拙荊』的話說。世上只有個火居道士，哪裡有個火居
的和尚？」（頁233）臨行前，多情的八戒還依依不捨地拜
別丈人：

> 那八戒搖搖擺擺，對高老唱個喏道：「上覆丈母、大姨、
> 二姨並姨夫，姑舅諸親：我今日去作和尚了，不及面辭，
> 休怪。丈人啊，你還好生看待我渾家，只怕我們取不成
> 經時，好來還俗，照舊與你做女婿過活。」（頁234）。

如此鄭重囑託，戀家至極的八戒，對於他的丈人將「高門清
德」，看得比「家財田地」還重要，八戒是全然不放在心上，
甚至到了第九十四回，天竺國的假公主要招唐三藏當駙馬，
三藏師徒看到當駕官以及儀制司前來：

> 行者笑道：「去來！去來！必定是與我們送行，好留師
> 父會合。」八戒道：「送行必定有千百兩黃金白銀，我
> 們也好買些人事回去。到我那丈人家，也再會親耍子兒
> 去耶。」（頁1175）

將近百回，八戒念念不忘的，仍是他的丈人家；一百回記如
來封佛，三藏因取經之功，被封為「旃檀功德佛」；悟空因
煉魔降怪，全始全終，被封為「鬥戰勝佛」；悟淨因牽馬有
功，被封「金身羅漢」；龍馬因馱僧往西，馱經回東，被封

「八部天龍」[22]；如來言八戒雖挑擔有功，但因色情未泯，又有頑心，封八戒為「淨壇使者」，八戒為此抗議，如來道：

> 因汝口壯身慵，食腸寬大。蓋天下四大部洲，瞻仰吾教者甚多，凡諸佛事，教汝淨壇，乃是個有受用的品級。（頁1242）

淨壇使者的「神職」，是要負責把佛事後的剩菜飯全部解決掉，八戒跟著取經，結果也只不過從人間的「豬怪」，回到天上當「豬神」；八戒未能成佛的原因，是因為不明眼、耳、鼻、舌、身「五根」，緣色、聲、香、味、觸「五境」（即「五塵」，此五境能染真理，故名「塵」），所生的色、受、想、行、識「五蘊」（即「五陰」，陰，障蔽之意），因「五蘊」熾盛，加上不明白「色身」是因四大假合而有，受、想、行、識均由妄念產生，在取經路上，表現得毫無「長進」的結果。

　　如來說八戒「色情未泯」，指的是八戒在物質與精神方面[23]，均不夠「格」成佛；由天蓬元帥，誤投入母豬胎成了「豬怪」，八戒由物質組成的「色身」，從一出生就注定是

---

[22] 即天龍八部。佛一說法，八部神將必到，包括：一、天；二、龍；三、夜叉；四、乾達婆（香神）；五、阿修羅（戰神）；六、迦樓羅（金翅鳥）；七、緊那羅（歌神）；八、摩候羅伽（大蟒神）。

[23] 「蘊」有「積集」之意，身體由地、水、火、風四大所成的「色蘊」；歸納各種感受的「受蘊」，有苦、樂、捨三種；於善、惡、愛、憎中，取種種相，作種種想像的「想蘊」；「行蘊」是由行動或意念所造作的善、惡業；「識」有了別義，「識蘊」就是去辨別所緣與所對的境界。除了「色蘊」屬物質層次外，餘均屬精神層面。

個悲哀；在面對苦、樂、捨所生的善、惡、愛、憎，八戒在精神層面上，無法辨明所緣的對象與所處的境地，才真正是他的悲情所在。

　　面對促狹的悟空，八戒能以他的老實自豪[24]；面對尋常生活常識不夠豐富的悟空，八戒顯出他莊稼漢的聰明[25]；面對難得的稱讚，八戒謙虛的認為全都是因為當了幾年的和尚[26]，八戒縱然有一般人看不到的優點，面對著從人間「豬怪」，歷經劫難，最後回到天上當「豬神」（淨壇使者）的命運，不管是在天上或是人間，同樣「口壯身慵，食腸寬大。」的八戒，要待成佛，何其路遙，這正是八戒自從一入母豬胎後，「與生俱來」的悲情。

---

[24] 八戒道：「師父，莫怪我說。若論賭變化，使捉掐，捉弄人，我們三五個也不如師兄；若論老實，像師兄就擺一隊伍，也不如我。」74 回，頁 929~930。

[25] 唐僧一行人要過結冰的通天河，馬蹄滑了一滑，八戒要跟送行的陳老討稻草，悟空問：「要稻草何用？」八戒道：「要稻草包著馬蹄方才不滑，免教跌下師父來也。」走了一程，八戒把九環錫杖遞給三藏拿著，悟空道：「這獃子奸詐！錫杖原是你挑著，如何又叫師父拿著？」八戒道：「你不曾走過冰凌，不曉得；凡是冰凍之上，必有凌眼；倘或踏著凌眼，腳將下去，若沒橫擔之物，骨都的落水，就如一個大鍋蓋蓋住，如何鑽得上來！須是如此架住方可。」一行人於是照著八戒所說的，先行未雨綢繆，把手上的杖、棒、釘鈀，全都橫擔著過冰河。第四十八回，頁 609。

[26] 第九十二回，悟空上天查訪，太白金星識得在天竺國外郡金平府偷百姓供的酥合香油，是青龍山玄英洞的三隻犀牛怪，奏聞玉帝，請斗、奎、井、角四星幫忙悟空降怪，八戒發落活拿的兩隻犀牛怪：「這兩個索性推下此城，與官員人等看看，也認得我們是聖是神。左右累四位星官收雲下地，同到府堂，將這怪的決。已此情真罪當，再有甚講！」四星道：「天蓬帥近來知理明律，卻好呀！」八戒道：「因做了這幾年和尚，也略學得些兒。」頁 1152。

六、結語

　　三藏為豬悟能取名「八戒」，是要他遵守不殺、不盜、不婬、不妄語、不飲酒、不求坐臥享受、不求外表華美、不求聲、色之樂的「八齋戒」；觀音為八戒取法名「悟能」，要他悟的，是如何超越人類的食、色「本能」，於八戒「正名」一事，作者吳承恩可謂用心良苦。《西遊記》中，八戒成了份量足以與悟空匹敵的重要角色，就在作者形塑八戒時，讓他在超越不了食、色本能的同時，還展現出幽默的語言天分，數百年來，自然無隱、幽默可愛的八戒，在讀者心中，早已是「默許」了他的說謊、懶惰、好色，因為，每個人都能在自己的身、心方面，找到八戒的影子。

　　在眾神所處的天界，八戒從掌管天河八萬水軍的「天蓬元帥」；到下凡人間，成了豬頭人身的「豬剛鬣」；再到回歸天庭，負責眾神宴後清潔工作的「淨壇使者」，八戒的物質與精神境界，在最後的第一百回，被如來評定為「進化」不夠，不能成佛，八戒由帶酒戲嫦娥；到取經途中，念念不忘高翠蘭；到九十五回還忍不住要抱住即將離去的霓裳仙子，待罪人間的八戒，他減不斷理還亂的「魔考」，經過人間最偉大，最難得的「取經」考驗，色、情依然未能泯卻；八戒形容自己是個「直腸的癡漢」，顯見八戒的「悲情」，大部分來自於他的「多情」。

本文刊登於國立暨南國際大學，《暨大電子雜誌》第 41 期，2006 年 7 月。

《西遊記》與唯識

一、前言

　　玄奘於印度受學於戒賢大師[1]，回中國後創唯識宗，又名法相宗[2]，承自印度的瑜伽行學派[3]；玄奘所創的唯識宗，不同於中國瑜伽派地論宗與攝論宗的部分大別有三：一、以「阿賴耶識」為無覆無記，為一切法所依；二、「阿賴耶識」是被前七識所熏習；三、「五性」各別，論《西遊記》與佛

---

[1] 公元五世紀間，傳說在兜率天的彌勒菩薩，曾降臨中印度阿瑜陀國的踰遮那講堂，為無著說《五部大論》，無著弘傳法相大義，其弟世親繼之，世親晚年作《唯識三十頌》，後有難陀、護法等十大論師作，先後作《唯識三十頌》釋論；護法的弟子戒賢，通瑜伽、唯識奧義，於那爛陀寺弘揚此宗，玄奘遊印期間，從戒賢五年，回國後弟子窺基繼其學，唯識始大盛。

[2] 明萬法唯識所變，故名唯識宗；決判諸法之體性、相狀，故名法相宗。

[3] 印度的瑜伽行學派，是奉行《瑜伽師地論》的教義所成立的宗派，又稱瑜伽宗。瑜伽行的觀法，認為客觀的現象是人類心識的源頭——阿賴耶識的假現，應遠離所有的對立（如有、無，存在、非存在），始能悟入中道。中國瑜伽派分地論宗（北魏菩提流支、勒那摩提為首，以《十地經論》為主，北派後來融入攝論派，南派於唐憲宗時融入華嚴宗。）與攝論宗（梁、陳之際，以真諦三藏為首，以《攝大乘論》為主，後融入唯識宗），兩宗同樣主張八識緣起說，不同的是，地論宗視阿賴耶與如來藏同為「真識」，可產生虛妄境界與涅槃境界；攝論宗則視阿賴耶無覆無記，為一切法所依，是為「妄識」，別立第九阿摩羅識。

教的關係，當與玄奘所立的唯識宗關係最為密切。心、意、識三者，同體而異名，不說「心」而說「識」，是為方便說法。小乘只談六識[4]，大乘唯識宗把一心分為八；一般人把「心」視為整體的存在，唯識宗把一「心」分為八，立「八識心王」之名[5]，目的是為了破遣一般人對「實我」的執著。明朝謝肇淛《五雜俎》評說《西遊記》：「以猿為心之神，以豬為意之馳，其始之放縱，……至死靡它，蓋亦求放心之喻，非浪作也。」[6]謝肇淛舉孟子的「求放心」，言《西遊記》的主旨，是要人把迷失的「本心」找回來。本文首先分論「八識」、「五性」，展現於唐僧師徒身上的情形；繼論唐僧師徒之《西遊》證果，是在「八識」、「五性」的主導下，呈現出果位的高低。

---

4 唐・玄奘譯，《阿毘達磨順正理論》卷 11，釋心、意、識：「集起故名心，思量故名意。了別故名識。」按：小乘雖只談到眼、耳、鼻、舌、身、意六識，「集起故名心」，相當於第八識；「思量故名意」，相當於第七識；「了別故名識」，則相當於前六識。

5 唯識「八識」：眼識、耳識、鼻識、舌識、身識、意識、末那識、阿賴耶識。

6 劉蔭柏編，《西遊記研究資料》，頁 677。

二、「八識」與三藏師徒

　　《西遊記》第十四回，三藏剛收悟空為徒，就遇到六個剪徑的毛賊，「一個喚做眼看喜；一個喚做耳聽怒；一個喚做鼻嗅愛；一個喚做舌嘗思；一個喚做意見欲；一個喚做身本憂。」[7]小乘只言「六識」，唯識宗則於「五位百法」[8]，立「八識心王」名稱，眼、耳、鼻、舌、身「五識」，依於五根；第六意識，依於第七末那識：第七末那識，與第八阿賴耶識，互相為依。唯識宗的立論宗旨，認為萬有現象都是人的心識所變現出來的，也就是由第八阿賴耶識熏習所生[9]，除了心識外，一切萬有皆非實存；《西遊記》的作者，正是假三藏師徒四人，面對心、魔的生滅所展現的「識變」[10]，

---

[7]　明・吳承恩，《西遊記》，台北：河洛圖書出版社，1981年，頁172。下引版本同。以下內文所引均只註明回數、頁數。

[8]　唯識宗將一切法分為「五位百法」：一、心王法，即眼、耳、鼻、舌、身、意六識，加上第七末那識、第八阿賴耶識，共八種；二、心所有法，共五十一種心所；三、色法，共十一種；四、心不相應法，共二十四種；五、無為法，共六種。除無為法外，餘均屬有為法。

[9]　「阿賴耶識」，梵語alaya之音譯，又作「阿黎耶識」、「阿梨耶識」，略稱「賴耶」，舊譯為「無沒識」，新譯為「藏識」，為宇宙萬有之本；歷生死流轉，永不毀壞，故稱「無沒」，含藏萬有，故稱「藏識」；因其能含藏生起萬法的種子，故稱「種子識」。所謂「識」，只是一種功能，當功能潛伏時，稱為「種子」，當「種子」起作用（現行），阿賴耶識生出前七識，稱為「因能變」；七識又同時各自生起相、見二分，稱為「果能變」；「相分」是宇宙萬有的差別相狀；「見分」是指主觀的認識作用；以主觀的認識作用去認識客觀的萬有相狀，就產生了宇宙人生的千差萬別。

[10]　「識變」，指由識轉化、轉變、變現之意；分為「因能變」與「果能

來闡揚「唯識無境」的道理[11]，意即：一切現象皆為心所變現，心外無客觀獨立的存在。一般認為《西遊記》與唯識「八識」有關的論者，視三藏師徒四人分別為八識的代表[12]：三藏為「阿賴耶識」；沙僧為「末那識」；悟空為第六識；八戒為前五識[13]，筆者認為尚可進一步探討。

（一）三藏與第八「阿賴耶識」

以唯識宗的觀點，就道德論而言，一切法可分為善、惡、無記（非善非不善）三種，又分為「有覆」（能障道）、「無覆」（不能障道）；「阿賴耶識」為「無覆無記」，意為：「不覆障聖道的非惡非善之法」。[14]在整部《西遊記》裡，三藏給人的印象是：一聽到有妖怪，立刻嚇得跌下馬來；一聽到有麻煩，就只會坐地抹淚痛哭，不僅如此，第二十回在黃風嶺，三藏曾埋怨悟空、八戒：「你兩個相貌既醜，言語又粗，把這一家兒嚇得七損八傷，都替我身造罪哩！」（頁242）三藏此處想到的是「自己」；二十七回，悟空三打白骨精，三藏說：「倘到城市之中……你拿了那哭喪棒，一時

變」（見上註）。

[11] 「唯識無境」的「唯」，有否定外境之義，指萬法唯識所現，識外無真實之境，「唯識」意即「無境」。

[12] 林中治，《西遊記與唯識》（台北：大圓出版社，1998 年。）以及蔡相宗、李榮昌，〈從佛教唯識宗看《西遊記》人物形象塑造〉《佛教文化》2002 年第 1 期。

[13] 有關豬八戒與「八識」、「五性」，詳見拙作〈豬八戒的多情與悲情〉，《暨大電子雜誌》第 41 期，2006 年 7 月。本文不再贅述。

[14] 「無覆無記」可分為：一、有為無記（由因緣造作所生）；二、無為無記（非由因緣造作所生）。

不知好歹，亂打起人來，撞出大禍，教我怎的脫身？」（頁
336）三藏此處想到的，也還是「自己」；第五十六回，悟
空兩棍打出兩個劫財毛賊的腦子，三藏為毛賊撮土焚香禱
告，唸道：

> 拜惟好漢，……卻遭行者，棍下傷身。你到森羅殿下興
> 詞，倒樹尋根，他姓孫，我姓陳，各居異姓。冤有頭，
> 債有主，切莫告我取經僧人。（頁707）

甚至到了七十八回，三藏聽說比丘國王要拿他的心臟做藥
引，嚇得三藏對悟空說：「你若救得我命，情願與你做徒子、
徒孫也。」（頁988）筆者認為以「無覆無記」的第八阿賴
耶識，來形容一心為己，由「自我」出發，有障道思想（有
覆）的三藏，似嫌不妥。

（二）沙僧與第七「末那識」

　　《西遊記》中，負責化齋解決飢餓與打退妖怪保命，是
悟空跟八戒的事，沙僧則負責牽馬、照顧行李跟守護好三
藏，然不能就沙僧謹「守」住三藏，就認為沙僧心中再無第
二個人，言沙和尚唯三藏馬首是瞻，是執持第八識（代表三
藏）而記度為我的第七「末那識」[15]，則不盡然。

---

[15] 「末那識」，梵語manas，意譯為「意」，思量之義。末那識橫執第八
　　識的「見分」為我而恆審思量，為第六識所依，恆與我見、我癡、我
　　慢、我疑四種煩惱相應，為「有覆無記」，是我執的根本，迷則造諸
　　惡業；悟則徹人、法二空，故稱染淨，又稱思量識、思量能變識。

　　第三十一回，八戒把被三藏逐回花果山的悟空請了回來，黃袍怪的老婆對沙僧說：「你有個大師兄孫悟空來了」，沙僧一聽到悟空的名字，「好便似醍醐灌頂，甘露滋心。一面天生喜，滿腔都是春。也不似聞得個人來，就如拾著一方金玉一般。」（頁 378~379）第四十六回，悟空在車遲國與鹿精比砍頭，砍了一個又自動長出一個，八戒冷笑著對沙僧說：「沙僧，哪知哥哥還有這般手段。」沙僧不似八戒心眼小，說道：「他有七十二般變化，就有七十二個頭哩！」（頁581）第四十九回，悟空師兄弟三人下通天河要救三藏，八戒仗自己曾是掌管天河八萬水兵的天蓬元帥，欺負下水得唸「避水訣」的悟空不懂水性，逮到機會要揸悟空，沙僧見不到原本讓八戒馱在背上下水的悟空，說道：

> 「二哥，你是怎麼說？不好生走路，就跌在泥裡，便也罷了，卻把大哥不知跌在哪裡去了！」八戒道：「那猴子不禁跌，一跌就跌化了。兄弟，莫管他死活，我和你且去尋師父去。」沙僧道：「不好，還得他來。他雖不知水性，他比我們乖巧。若無他來，我不與你去。」（頁 614）

沙僧對悟空的依賴與崇拜由此可見；第三十回，黃袍怪把三藏變成隻斑斕猛虎，龍馬要八戒去花果山，勸被三藏逐出師門的悟空回來救人，八戒怕被悟空打，推說不去，龍馬說：「他決不打你，他是個有仁有義的猴王。」（頁 370）以上之例可看出在整個取經過程中，讓論者認為代表第七末那識的沙僧「恆審思量」的，卻是論者以為代表第六識的悟空，與唯識宗第七末那識具有「恆審思量」第八識的特性不合。

（三）悟空與第六「意識」

　　唯識宗的「六識」[16]，是對眼、耳、鼻、舌、身、意的認識作用，生起見、聞、覺、知等了別作用；六識之所以能取各種分別境的境相，是來自於欲力（希望）、念力（記憶）、境界力（對特殊事物的注意）、數習力（習慣）的驅使[17]，從原始的感覺到高度的理性思維均包含在其內。

　　唯識宗將第六識──「意識」，分為「五俱意識」（與前五識產生作用）與「不俱意識」（單獨發生作用）；「不俱意識」是單獨起意，又稱為「獨頭意識」[18]，包括抽象的推理、判斷能力，通於過去、現在、未來，緣的是「心」境（法境）；悟空生起「五俱意識」的時候，多在前五識起現行之際；第十七回在黑風山，黑羆精偷了三藏的袈裟，廣發請帖要辦「佛衣會」，悟空央求觀音假扮道人前往，觀音變了個「蒼顏松柏老，秀色古今無。」的「凌虛仙子」，悟空看了道：「妙啊！妙啊！還是妖精菩薩，還是菩薩妖精。」觀音道：「悟空，菩薩、妖精，總是念；若論本來，皆屬無有。」（頁214。）「行者心下頓悟」，此乃「悟空」生起「五俱意識」，因前五識的「眼識」而心有所悟。

---

[16] 「六識」得名的由來，分隨根得名（隨所依之眼、耳、鼻、舌、身、意六根），與隨境得名（隨所緣之色、聲、香、味、觸、法六境）。

[17] 唐・玄奘譯，《瑜伽師地論》卷三：「云何能生作意正起，由四因故。一由欲力，二由念力，三由境界力，四由數習力。」

[18] 獨頭意識有三種：一、「獨散意識」：不緣五塵之境，意念東想西想；二、「夢中獨頭意識」：在夢中，緣夢中之境所生的意識；三、「定中獨頭意識」：在定中，前五識不起現行（阿賴耶識能生一切法的功能，稱為種子，種子生色、心諸法，謂之現行），唯第六識發生作用。

　　悟空生起「五俱意識」的另一例，在二十七回，三藏不知白骨精用了「解屍法」戲弄他，氣悟空三打白骨精所變的少女、老婦、老翁；又聽悟空揚言，逐他回去就「手下無人」，三藏氣得立馬寫貶書，要悟空走人；悟空在回花果山途中，聽到「水聲聒耳」，由半空往下看，原來是東洋大海的海潮聲，悟空因潮聲想起了他的三藏師父，「止不住腮邊淚墜，停雲住步，良久方去。」（頁337）這一段依耳根，緣聲境而生的了別作用，因耳觸而起的念師情懷，是悟空在《西遊記》裡，最感性的一頁。

　　另外，悟空生起「五俱意識」中，「身識」的例子，在三十一回，八戒勸得悟空回心轉意，離開花果山去救三藏，途經東洋大海的西岸，悟空停雲：

> 叫道：「兄弟，你且在此慢行，等我下海去淨淨身子。」八戒道：「忙忙的走路，且淨甚麼身子？」行者道：「你那裡知道。我自從回來，這幾日弄得身上有些妖精氣了。師父是個愛乾淨的，恐怕嫌我。」（頁378）

悟空以為回花果山住了一段時日，身上已經染有「妖精氣」，對照十七回觀音告訴他：「菩薩、妖精，總是念；若論本來，皆屬無有。」十七回的悟空是根本還沒有「頓悟」；而三十一回的悟空，其「淨身」之舉，除了緣「五俱意識」的「身識」，還更多了通過去、現在、未來的「不俱意識」。

　　通過去、現在、未來的「不俱意識」，悟空多表現在回想「當年勇」的時候，表現得特別明顯。第三十一回在寶象國，黃袍怪把三藏變成一隻斑斕猛虎，八戒到了花果山，情

商被三藏逐出師門的悟空前去救援，悟空拒絕後，差兩個溜撒的小猴跟著，聽八戒邊走邊罵：「這個猴子，不做和尚，倒做妖怪！這個猢猻！我好意來請他，他卻不去！」悟空氣得對被眾猴抓回來，狡辯說不曾罵人的八戒說：「我這左耳往上一扯，曉得三十三天人說話；我這右耳往下一扯，曉得十代閻王與判官算帳。你今走路把我罵，我豈不聽見？」（頁375）接著，悟空不知八戒使出激將法，亂謅黃袍怪罵他的話[19]，悟空聽了說道：「老孫五百年大鬧天宮，普天的神將看見我，一個個控背躬身，口口稱呼大聖。」（頁377）三十二回，悟空對日值功曹變成的樵夫，細說他遞解妖魔的本領：

> 若是天魔，解與玉帝；若是土魔，解與土府。西方的歸佛，東方的歸聖。北方的解與真武，南方的解與火德。是蛟精解與海主，是鬼祟解與閻王。各有地頭方向。我老孫到處里人熟，發一張批文，把他連夜解著飛跑。（頁391）

悟空的「不俱意識」，表現得最淋漓盡致的是五十六回，被悟空打死的兩個毛賊，三藏在撮土祝禱時，口中稱他們為「好漢」，要「好漢」到閻王那兒千萬只告悟空一人，悟空聽了，也撮土為禱：

---

[19] 八戒捏造黃袍怪罵悟空：「是個甚麼孫行者，我可怕他！他若來，我剝了他皮，抽了他筋，啃了他骨，喫了他心！饒他猴子瘦，我也把他剁鮓著油烹。」頁377。

儘你到哪裡去告，我老孫實是不怕：玉帝認得我；天王
隨得我；二十八宿懼我，九曜星官怕我；府縣城隍跪我，
東岳天齊怖我；十代閻君曾與我為僕從，五路猖神曾與
我當後生；不論三界五司，十方諸宰，都與我情深面熟，
隨你哪裡去告！（頁707）

作者讓悟空的「不俱意識」如此「獨頭」，並非全無根據；
悟空見了玉帝不跪拜，只會唱大喏；跟北天門的護國天王玩
猜枚，贏到對付妖精十分管用的瞌睡蟲；第七十七回，悟空
敢戲稱如來是「妖精的外甥」（頁974）；第三十五回，老
君讓看守金、銀爐的童子，應觀音之請，帶了煉丹用的諸多
寶貝，託化妖魔，下界成了金、銀二怪，悟空因此事罵老君
是「縱放家屬為邪」；罵勸老君如此做，目的要試三藏師徒
是否有心取經的觀音，是「一世無夫」（頁441）。上至觀
音，下至土地，全都擺弄不過悟空；第十五回，悟空受不了
三藏的緊箍咒，敢對有求必應，聞聲救苦的觀音，埋怨道：
「你這個七佛之師，慈悲的教主！你怎麼生方法兒害我！」
引得慈悲的觀音，用悟空聽了，合乎他「水平」的話回罵：
「你這個大膽的馬流，村愚的赤尻。」（頁184）第七十二
回，三藏被盤絲洞的蜘蛛精抓走，蜘蛛精用肚臍冒出的絲繩
把莊院蓋住，悟空不見了三藏，捻訣要拘土地來問，弄得土
地「在廟裡似推磨的一般亂轉」，土地婆說：「老兒，你轉
怎的？好道是羊兒風發了！」土地回答：「有一個齊天大聖
來了，我不曾接他，他那裡拘我哩。」土地婆以為悟空不會
打「老」土地公，土地公對土地婆形容悟空是：「他一生好

喫沒錢酒，偏打老年人。」（頁904）《西遊》已到七十二回，連當境土地都如此懼怕悟空，全是因悟空在未取經成佛之前，「齊天大聖」之名，長期主導著悟空的「不俱意識」的結果。言悟空為第六「意識」的代表，應就其與前五識產生作用的「五俱意識」，以及單獨發生作用的「不俱意識」（獨頭意識），分而論之，較為妥當。

三、「五性」與西遊證果

　　唯識宗將一切眾生的根機分成五類，稱為「五性」：一、定性聲聞：可修成阿羅漢果的無漏種子者；二、定性緣覺：可修成辟支佛的無漏種子者；三、定性菩薩：可修成佛果的無漏種子者；四、不定性：具備以上二或三種無漏種子，將來遇緣成熟，不一定證何種果位者；五、無性：沒有具備聲聞、緣覺、菩薩三乘的無漏種子，但有可修成人、天果位的有漏種子。

　　漏，意為「煩惱」，分「漏泄」與「漏落」[20]；「漏泄」為因，「漏落」為果。大乘以「致佛果」為最高目標，具足自覺、覺他、覺行圓滿者，始得稱佛。[21]《西遊記》第一百回如來封佛，三藏因取經之功，被封為「旃檀功德佛」；悟空因煉魔降怪，全始全終，被封為「鬥戰勝佛」，「旃檀功

---

[20] 貪、瞋等煩惱，日夜由六根流注不止，故名「漏泄」；煩惱能使人墜入三惡道，故名「漏落」。

[21] 「佛」，梵語buddha的音譯，意譯為「覺」、「覺者」、「知者」。

德佛」與「鬪戰勝佛」，不是《西遊記》的作者憑空想像出來的，此二佛之名，早見諸佛經[22]；小乘佛教認為現世不可能二佛並存，大乘佛教則認為一時中有多佛並存，可見吳承恩是以大乘的角度，分別讓如來予三藏「旃檀功德佛」，悟空「鬪戰勝佛」的封號。

綜觀三藏與悟空的「功德」，實是有「功」（善行）無「德」（善心），吳承恩實際上僅單就完成取經一事的「善行」，讓三藏與悟空成佛；世親《唯識三十頌》首頌曰：「由假說我法，有種種相轉。」《成唯識論》釋云：「轉，謂隨緣施設有異。」[23]筆者以為，「旃檀功德佛」與「鬪戰勝佛」，是唯識「五性」的第三性，可修成佛果的無漏種子的「定性菩薩」，吳承恩封與三藏、悟空，是「隨緣施設」而已；其次，悟淨因牽馬有功，被封「金身羅漢」，應屬唯識「五性」的第一性──定性聲聞，即：可修成阿羅漢果的無漏種子者；龍馬被封「八部天龍」，八戒被封「淨壇使者」，都屬唯識「五性」的第五性──無性，即：沒有具備聲聞、緣覺、菩薩三乘的無漏種子，但有可修成人、天果位的有漏種子者。

唯識宗又稱為法相宗，在印度稱為瑜伽宗；瑜伽意為「相應」，玄奘弟子窺基釋「相應」：「相應者，因果事業和合而起。」[24]阿賴耶識攝藏一切諸法的原因種子，種子轉變現

---

[22]「旃檀功德佛」，見於北魏・菩提流支譯《佛說佛名經》、唐・智昇《觀諸經禮懺儀》；「 戰勝佛」，見於《大寶積經》、《觀虛空藏菩薩經》、《佛說佛名經》。

[23]《成唯識論》卷一。

[24] 唐・窺基註解，《大乘百法明門論解》卷二。

起諸法，因之所產生的前七識，為「因能變」；七識又同時各自生起萬有差別相狀的「相分」，與個人主觀認識作用的「見分」，為「果能變」，「因能變」與「果能變」[25]合稱為「識變」。三藏師徒的「因能變」，也就是各自的「等流習氣」與「異熟習氣」[26]；「等流習氣」與「異熟習氣」所生的等流類之果是三藏師徒的「因」與「果」，第一百回的如來封佛是三藏師徒的「事業」，「因果事業和合」，也就是有了瑜伽宗（唯識宗）所謂的「相應」，吳承恩暗示《西遊記》與唯識有關，於「相應」一義，表現在作者讓如來與觀音強調「瑜伽」一語。

　　吳承恩就唯識「八識心王」、「五性各異」，用百回的「證果」來闡明二者的「相應」之理；另外還可以看出作者有意凸顯三藏等人西遊證果，所證的是瑜伽「相應」之道，就在借如來與觀音之口，說出「瑜伽正宗」、「瑜伽之門」；第八回，如來曰：「我今有三藏真經，可以勸人為善。」諸菩薩問是哪三藏，如來曰：

　　　　我有法一藏，談天；論一藏，說地；經一藏，度鬼。……
　　　　我待要送上東土，叵耐那方眾生愚蠢，毀謗真言，不識
　　　　我法門之旨要，怠慢了瑜伽之正宗。（頁87）

---

[25] 「因能變」的「變」，有轉變、生變意；「果能變」的「變」，有變現、緣變之意。

[26] 就有漏心而言，「等流習氣」，又作「名言種子」，是能生諸法的親因緣種子，由前七識的善、惡、無記薰習而成；「異熟習氣」，又稱作「業種子」，是能生諸法的疏因緣種子，由六識中有漏的善、惡薰習而生，能助長與自性善惡不同的「無記」（非善非惡）。

如來說的法、論、經「三藏」，與今所謂的「三藏」有異[27]，
視為小說家言可也；重點在談天、說地、論人（即度鬼，「鬼」，
應指「心魔」）之際，作者寄寓了哪些道理；第十五回，觀
音對悟空說明為何要用緊箍咒對付他：

> 若不如此拘係你，你又欺上誑天，知甚好歹！再似從前
> 撞出禍來，有誰收管？須是得這個魔頭，你才肯入我瑜
> 伽之門路哩。（頁 184）

觀音的緊箍咒，又稱定心真言，定的雖是悟空的「心猿」，
可同時也是後代儒、釋、道三教中人，人人心中的「意馬」；
胡適說：

> 《西遊記》被這三、四百年來的無數道士、和尚、秀才
> 弄壞了。道士說：這部書是一部金丹妙訣；和尚說，這
> 部書是禪門心法；秀才說，這部書是一部正心誠意的理
> 學書。[28]

誠如胡適所說，《西遊記》非儒、非釋、非道，筆者亦同
意胡適說吳承恩「有『斬鬼』的清興，而決無『金丹』的
道心。」[29]然不妨細思有意送經東土的如來，與促成取經一
事成功的觀音，同時標榜出「瑜伽」之名，可見集神話與民
間傳說之大成的《西遊記》，作者意在使三藏取經故事，有
其合理的動機與結果；魯迅《中國小說史略》：

---

[27] 「三藏」，即修多羅藏（經藏），佛所說的經文；毘奈耶藏（律藏），
　　佛所制的戒律；阿毘達磨藏（論藏），佛弟子所造的論。
[28] 胡適，《西遊記考證》，頁 75。
[29] 胡適，《西遊記考證》，頁 76。

作者雖儒生，此書則實出於遊戲，亦非語道，故全書僅
偶見五行生克之常談，尤未學佛，故末回至有荒唐無稽
之經目，特緣混同之教，流行來久，故其著作，乃亦釋
迦與老君同流，真性與元神雜出，使三教之徒，皆得隨
宜附會而已。[30]

吳承恩身處的明朝，三教合流就如同唐朝文人的「佛、道不
分」，對讀書人來說，混同二教（或三教）本就平常，「釋
迦與老君同流，真性與元神雜出。」不足為奇；魯迅的這段
評論，需注意處在於「此書則實出於遊戲，亦非語道……尤
未學佛。」筆者認為，吳承恩作《西遊記》，姑且不論是否
針對明世宗進行嘲諷與批判[31]，以吳承恩坦言讀童子學社
時，因為怕被「父、師訶奪」，在隱處讀起了偷來的「市野
稗言」；長大後，忻羨牛奇章（牛僧儒）、段柯古（段成式）
善於「模寫物情」，「每欲作一書對之」的口吻[32]，足見《西
遊記》並非遊戲之作；吳承恩曾說：「蓋怪求余，非余求
怪。」[33]「漫說些痴話，賺他兒女輩，亂驚猜。」[34]言《西遊
記》為「神魔小說的首席」[35]，實為實至名歸。

---

[30] 魯迅，《中國小說史略》第 17 篇〈明之神魔小說〉（中），谷風出版社，頁 169。
[31] 蘇興，〈《西遊記》對明世宗的隱喻批判和嘲諷〉，《西遊記及明清小說研究》，頁 45。
[32] 吳承恩，《禹鼎志・序》，轉引自《西遊記研究資料》，頁 70。
[33] 吳承恩，《禹鼎志・序》，轉引自《西遊記研究資料》，頁 70。
[34] 吳承恩，〈送我入門來〉，轉引自《西遊記研究資料》，頁 64。
[35] 鄭明娳，《西遊記探源》（下冊），（台北：文開出版公司，1982 年），頁 204。

明武宗朱厚照，立「豹房」專淫民間婦女，煉丹希求長生；明世宗朱厚熜當政四十五年，只臨朝一次，幾乎天天舉行齋醮，不理朝政，朱厚照崇道毀僧的正德年間，共16年；朱厚熜勤齋醮甚於理國事的嘉靖年間，共有45年[36]，吳承恩於科舉屢遭挫折，嘉靖中始補貢生，總共活了76歲的無承恩（1506~1582），生活於兩個荒淫無道的君主統治下，在東、西廠特務橫行的年代，以其「善諧劇」（《淮安府志》）的本事作《西遊記》，暗示唯有唯識宗的「心識」能制「心魔」，不無諷刺明武宗與明世宗的用意。

四、結語

認為三藏師徒各別分屬「八識」之某識的說法，筆者認為不能一概而論；然就一百回如來封佛，三藏師徒的果位高低，與唯識「八識」、「五位」之說，不無關係。吳承恩雖僅在頭一難將六個竄徑的毛賊，分別名作眼看喜、耳聽怒、鼻嗅愛、舌嘗思、意見欲、身本憂，此後也僅多次要悟空以《大般若經》的精髓——《般若波羅密多心經》，在遇難時提醒三藏持誦，此外，並未在《西遊記》中特別點出與唯識宗有關的名詞，然從藉如來與觀音分別道出「瑜伽正宗」、「瑜伽之門」二語，可見吳承恩有心暗示讀者，三藏師徒《西遊》證果的故事，與佛教唯識宗有關。

本文以〈《西遊》證果與唯識〉一名，刊登於國立暨南國際大學，《暨大電子雜誌》第46期，2007年2月。

---

[36] 參見劉蔭柏編，《西遊記研究資料·前言》，頁8。

談王陽明「龍場悟道」

一、前言

　　明朝大儒王陽明，因觸忤太監劉瑾，被貶貴州龍場驛，與貴州百姓兩年的相處，於三十七歲時，悟出了震古鑠今的「知行合一」，強調學者當「自求本體」；五十歲時提出了「致良知」，強調「良知」乃「古今人人真面目」；五十六歲總結出自修「直躋聖位」，接人「更無差失」的「四句教」；王陽明近二十年的講學生涯，是從「龍場悟道」開始，王陽明「龍場悟道」一事，為「知行合一」乃聖賢事業，作了最佳詮釋。本文就王陽明「龍場悟道」，論「知行合一」對於提高個人的道德良知，實為必要。

二、陽明生平及傳說

　　王陽明，生於明憲宗成化八年，卒於明世宗嘉靖七年（1472－1528），雙名守仁，字伯安，浙江省紹興府餘姚縣人，明代偉大的理學家、軍事家、教育家；曾築室於四明山

的陽明洞[1]，自號「陽明」，世稱陽明先生。有關王陽明五歲才開始說話，不久後便被視為「神童」；五十歲親眼目睹「前身」的傳說；以及貴州多處的「陽明洞」、「陽明祠」、「陽明園」、「王文成公祠」、貴州修文縣龍場舉辦的「國際陽明文化節」；甚至來台後的先總統蔣公，在提倡陽明學說的同時，還把台北市郊的「草山」改為「陽明山」，均可看出後人對王陽明的崇敬。

（一）陽明生平

王陽明的一生，可分為三個階段：1、二十八歲以前，思想上雖仍處於摸索階段，但已萌發做天下第一等人的襟懷[2]；2、二十八歲舉進士後至四十四歲，是他事業奠基以及學說形成期，思想上屬於「印證」時期，其中，貶龍場驛是一大關鍵；3、四十五歲到五十七歲病逝軍中，是王陽明講學立教，事功建立、學說成熟的時期。

王陽明十一歲，從里師錢希寵學對句，一個月後學詩，月餘後學文，即出語驚人，錢希寵嘆曰：「一歲之後，吾且無以教汝矣。」（頁4）十三歲時，母親鄭氏去世；十五歲與父執遊居庸關，「慨然有經略四方之志」（頁8）；二十一歲中鄉試，赴京師後遍求朱熹遺書，興起了「格物致知」

---

[1] 陽明洞在四明山之陽（南方），故曰「陽明」。四明山高一萬八千丈，名列《道經》的第九洞天。參見明‧墨憨齋編，《王陽明出身靖亂錄》（台北：廣文書局，1968年），頁12。以下所引，僅註明頁碼。

[2] 王陽明十二歲，答師問：「以何事為第一？」曰：「惟聖賢方是第一。」頁6。

的念頭，王陽明即知即行，真的「格」起了竹子，最後沒格出任何道理，反倒生了場重病，於是轉而研究辭章之學[3]，這是王陽明思想上的第一次轉變。

　　二十二歲時，王陽明參加會試落榜，第一次嘗到失敗的滋味；第二次會試依然名落孫山[4]，一向自信的王陽明，坦然面對兩次會試落第，曾說：「世情以不得第為恥，吾以不得第動心為恥。」（頁 10）可見其胸懷之灑落。王陽明二十六歲開始學習兵法，對於當時朝廷只重視射騎、擊刺之士，而不能起用懂兵法的韜略之才感到可惜，「於是留情武事，凡兵家祕書莫不精研熟討。」（頁 10）王陽明後來綏靖南贛，平定宸濠之亂[5]，全得自此時的努力，這是王陽明思想上的第二次轉變。

　　王陽明二十八歲，終於中了會試第二名，這是他仕途的開始；三十五歲時（正德元年，1506），明武宗朱厚照即位，

3　《王陽明全書》（四）〈年譜〉卷一（台北：正中書局，1970 年），頁 80。以下所引，只註明篇名及頁數。

4　王陽明第一次會試落第，宰相李西涯曾戲說：「汝今歲不第，來科必為狀元。」王陽明馬上戲作〈來科狀元賦〉，在場之人驚為天才，忌者曰：「此子取上第，目中無我輩矣！」王陽明二次落第以此。〈年譜〉卷一，頁 80。

5　江西南昌府宗藩，寧王朱宸濠因術士李自然言其有天子相，漸有異心；先是結交劉瑾等人，替他打知名度；賄賂舉子，大書特書其孝行；為了擴大府基，放火延燒近處民房，假裝救火卻暗中破壞房屋結構，再以低價購買；又畜養大盜胡十三等人，專門在鄱陽湖劫掠客商財物，作為購買軍火之用。朱宸濠為篡位所作的準備，「凡仕江右者，俱厚其交際之禮，朝中權貴無不結交；⋯⋯于各處訪求名士，聘為門客。」頁 25。

太監劉瑾等八人[6]，整日以狗馬、鷹犬、歌舞、角觗來娛樂
武宗，武宗鎮日沉迷酒色，朝政廢弛；王陽明因上疏替戴銑
求情，觸怒劉瑾，劉瑾於是想辦法把王陽明貶到貴州龍場（今
之修文縣）當驛丞。王陽明在蠻荒偏遠，蛇虺蚊蚋叢聚，充
滿瘴癘之氣的龍場，憑著二十八歲以前，磨練出來的意志
力，不僅克服了惡劣的環境，還教育當地人；三十八歲在貴
陽書院講學，開始論「知行合一」之學，貴州學風因此大盛，
三年的貶謫期間，是王陽明思想上的第三次轉變。[7]

　　四十五歲時，王陽明官運亨通，開始一路陞遷，替國家
立下不少汗馬功勞；包括：四十五到四十七歲時，撫南贛（江
西）汀、漳（福建長汀、龍溪）等地，剿平邊境擾民多年的
頑寇；四十八歲時，平定了宸濠之變，使明朝的東南半壁江
山，免於生靈塗炭；五十六到五十七歲，征服思田、土酋，
綏靖並開拓兩廣以及江西。

　　五十六歲前，王陽明仍不停地上疏勸諫皇帝，同時請求
返家，終於得到明世宗首肯，在五十一歲到五十五歲，享有
了五年的在地生活，王陽明四處講學，這段時間是他思想的
成熟時期，從各地來跟他求學的人愈來愈多；然而，明世宗

6　劉瑾等八人號為「八黨」，是從小陪著明武宗一起長大的玩伴，分別
　　是：劉瑾、谷大用、馬永成、張永、魏彬、羅祥、丘聚、高鳳。頁15。
7　〈刻文錄敍說〉：「先生之學凡三變，其為教也亦三變。少之時，馳
　　騁於辭章，已而出入二氏（按：佛、老），繼乃居夷處困，豁然有得
　　於聖賢之旨，是三變而至道也。居貴陽時，首與學者為知行合一之說，
　　自滁陽後，多教學者靜坐，江右以來，始單提『致良知』三字，直指
　　本體，令學者言下有悟，是教亦三變也。」，《王陽明全書》（一），
　　頁10。

對南疆的思田、土酋無計可施，想起了戰功彪炳，垂垂老矣的王陽明；王陽明五十六歲時，再度奉政府之命到兩廣以及江西、湖廣等地征討，這對老年的王陽明來說是一項艱鉅的任務，但他成功了。嘉靖七年（1528）十一月二十九日，王陽明卒於回家的路上；病逝前門人周積問有何遺言，王陽明說：「此心光明，復何言哉？」（頁36）

（二）陽明傳說

王陽明的母親鄭氏，懷胎十四個月才生下他；祖母岑夫人夢見身穿緋衣，乘雲伴隨著仙樂而來的神人，把手上抱著的嬰兒送給了她，祖母一驚醒，立即聽到嬰兒啼聲，祖父竹軒翁因此將王陽明取名為「雲」。王陽明到了五歲還不會說話，有一天，和鄰居小孩玩耍時，有一個僧人經過，奶娘恰好呼名，僧人摸摸王陽明的頭說：「好箇小兒，可惜道破了」，竹軒翁一聽，便將「王雲」改名為「王守仁」，改名後的王陽明，「是日遂能言」（頁4）。王陽明開始說話不久，有一天，忽然念誦出祖父平常讀的書，家人萬分驚訝，王陽明回答：「向時雖不言，然聞聲已暗記矣。」（頁5）這是有關王陽明小時即能「過耳成誦」的傳說。

《解頤詩話》記王陽明嘗遊一僧寺：

> 見一室，封鎖甚密，欲開視之，寺僧不可，云：「中有入定僧，閉門五十年矣。」陽明固使開，視之，見一僧儼然如生，貌酷肖已，曰：「此豈吾之前身乎？」既而見壁間一詩云：「五十年前王守仁，開關即是閉關人。

精靈剝後還歸復，始信禪門不壞身。」陽明悵然久之，
建塔以瘞而去。[8]

《解頤詩話》作者已佚，王陽明所遊不知為何寺，此傳說今
為杭州金山寺掠美，言王陽明所見之「前身」，乃金山寺住
持，王陽明還因此事而題詩於寺。

按：《王陽明出身靖亂錄》言祖母夢神人送子，以及王陽明
五歲時，祖父更名後即開口能言，展現出超常的記誦能
力，亦見於《王陽明全書・年譜》[9]；而王陽明留在金
山寺的四句詩：「金山一點大如拳，打破維陽水底天；
醉倚妙高樓上月，玉簫吹徹洞龍眠。」（頁5）成於王
陽明11歲時，祖父竹軒翁帶王陽明過金山寺，「與客
酒酣，擬賦詩，未成。」[10]王陽明索筆，一揮而成；王
陽明五十歲於金山寺遇「前身」，均未見於《王陽明全
書・年譜》與《王陽明出身靖亂錄》，明顯是後人所添
加的傳說。

類似「神話」王陽明的傳說，另有王陽明與惠明和尚「對
課」一事。王陽明七歲時，母親帶他去大王廟燒香，廟裏的
惠明和尚早就聽聞王陽明是個「神童」，將王陽明叫到一旁，
要他對課。和尚說：「古有李宋仁，今有王守仁，手中一本
《太公法》（《太公兵法》），不知是兵家？是法家？是道

---

[8]　《浙江通志》卷280，文淵閣本《四庫全書》，史部，地理類，都會郡
　　縣之屬。
[9]　〈年譜〉卷一，頁78。
[10]　頁5。〈年譜〉卷一，作：「醉倚妙高臺上月」，頁78。

家？」王陽明一手指和尚說：「古有卜惠明，今有趙惠明，手中一本《金剛經》，不知是胎生？是化生？是卵生？」按：王陽明留意兵法是二十六歲以後的事[11]，在十二歲時，兵法也才只是他逃學之餘的重點「遊戲」[12]，惠明和尚找王陽明對課，明顯是後人欲凸顯王陽明是個「神童」，所捏造出來的。

三、龍場悟道

龍場在貴州省西北，位於萬山叢棘中：

> 蛇虺成堆，魑魅晝見，瘴癘蠱毒，苦不可言，夷人語言，又皆鴃舌難辯。居無宮室，惟累土為窟，寢息其中而已。夷俗尊神，有中土人至，往往殺之以祀神，謂之祈福。
> （頁23）

王陽明在三十七歲到貴州龍場，之所以能克服水土不服，逃過被夷人殺來「祈福」的厄運，其過程有兩種說法；一、王陽明透過中土來的亡命之徒當翻譯，教夷人「範土架木以居」，主動贏得夷人的好感[13]；二、《王陽明出身靖亂錄》言夷人本來要殺王陽明，卜神的結果是「不吉」，夷人晚上

---

[11] 王陽明熱衷兵法之事，「每遇賓宴，嘗聚果核列陣勢為戲。」〈年譜〉卷一，頁80。

[12] 王陽明「十二歲在京師就塾師，不肯專心誦讀，每潛出與群兒戲，製大小旗幟，付群兒持立四面，自己為大將，居中調度，左旋右轉，略如戰陣之事。」頁6。

[13] 〈年譜〉卷一，頁84。

夢到神人告誡：「此中土聖賢也，汝輩當小心，敬事聽其教訓。」同一個晚上夢到神人相告的夷人有多人，一早就奔相走告，於是請求中土來的亡命之徒，向王陽明「輸誠」，夷人「日貢食物，親近歡愛如骨肉。」王陽明才教夷人「範木為甃，架木為梁，刈草為蓋，建立屋宇。」（頁23）

《王陽明出身靖亂錄》之「神誡」，視為「街巷之談」可也，重點在王陽明面對惡劣的新環境，用什麼方法去克服；《王陽明全書》言王陽明造了個石棺材，「日夜端居澄默，以求靜一，久之，胸中灑灑。」[14]其他無法接受現實的隨從與僕人，每每患病，王陽明由主人一變為僕人：

> 自析薪取水，作糜飼之；又恐其懷抑鬱，則與歌詩；又不悅，復調越曲雜以詼笑。[15]

王陽明靜坐澄心，獨樹一幟的克「難」方法，以及對下屬的照顧，看在夷人眼裡，自然覺得王陽明「與眾不同」；夷人用王陽明所教的建築方法，幫忙蓋了「龍岡書院」[16]，「翳之以檜竹，蒔之以卉藥。」周邊環境打點好之後，王陽明「日夕吟諷其中，漸與夷語相習，乃教之以禮儀孝悌。」（頁23）夷人對王陽明的愛戴，除了表現在共同營造整體生活；州守派人來侮辱王陽明，結果是「諸夷不平，共毆辱之。」[17]

---

[14] 〈年譜〉卷一，頁84。
[15] 〈年譜〉卷一，頁84。
[16] 夷人所築之龍岡書院建築群，有「寅賓堂」、「何漏軒」、「君子亭」、「玩易窩」，頁23。
[17] 〈年譜〉卷一，頁84。

王陽明於龍場中夜悟道，《王陽明出身靖亂錄》記：

> 忽一夕，夢謁孟夫子，孟夫子下階迎之。先生（王陽明）
> 鞠躬請教，孟夫子為講良知一章，千言萬語指證親切，
> 夢中不覺叫呼，僕從伴睡者俱驚醒。自是胸中始豁然大
> 悟，嘆曰：「聖賢左右逢源，只取用此『良知』二字。」
> （頁24）

此記意在強調王陽明「致良知」之說，得自孟子親傳口授；
另一種說法是：「忽中夜大悟格物致知之旨，寤寐中若有人
語之者，不覺呼躍，從者皆驚，始知聖人之道，吾性自足，
向之求理於事物者誤也。」[18]相較於《王陽明出身靖亂錄》，
言孟子托夢的說法，〈年譜〉所說較為合理。

　　王陽明二十一歲時，明白朱子即物窮理的格物論，不可
能讓人達到止於至善，在龍場悟道後，三十八歲於貴陽書院
講學，首揭「知行合一」，論二程、朱子所倡之「性即理」，
與陸九淵所倡之「心即理」，同將「知」與「行」視為兩階
段，同樣犯了「先知後行」的錯誤[19]，王陽明對門人徐愛言
「知」與「行」合一，不可割裂，對於「先知後行」的錯誤，
王陽明說：

> 某嘗說：「知是行之主意，行實知之功夫。知是行之始，
> 行實知之成。」……古人（按：指二程、朱、陸）立言

---

[18] 〈年譜〉卷一，頁84。

[19] 二程與朱熹視「知」為獨立於「心」之外，視「行」為「知」的體驗，
提出「先知後行」的命題；陸九淵認為「知」就在「心」中，與二程、
朱熹相同，均認為知在先，行在後。

　　所以分知行為二者，緣世間有一種人，懵懵然任意去做，
　全不解司惟省察，是之為冥行妄作，所以必說知而後行
　無謬；又有一種人，茫茫然懸空去思索，全不肯著實躬
　行，是之為揣摸影響，所以必說行而後知始真，此是古
　人不得已之教，若見得時，一言足矣！今人卻以為必先
　知然後能行，且講習討論以求知，俟知得真時，方去行，
　故遂終身不行，亦遂終身不知。某今說「知行合一」，
　使學者自求本體，庶無支離決裂之病。[20]

〈年譜〉言王陽明三十七歲於龍場，「中夜大悟格物致知之
旨」，王陽明悟的是「知行合一」，要人在實踐中成就德行，
繼而達到對「良知」的自覺；明末清初大儒黃宗羲曾十分精
要的點出王陽明的「致良知」，「致字即是行字」。[21]長期
以來，王陽明的「龍場悟道」，有關「孟子親授」、「寤寐
中若有人語之」，王陽明似乎是在一夜之間，一如明心見性
的禪師般，突然「頓悟」了，「龍場悟道」就此被蒙上神秘
的面紗；世人均忽略了王陽明「中夜悟道」，是在教夷人築
居，加上自己長期澄默以求「靜一」，行在先，知在後的結
果；陽明學說之所以在窮鄉僻壤的龍場發端，是跟他身處困
境，以及面對困境時，仍然努力改造命運有關。

---

20 〈年譜〉卷一，頁85。
21 清・黃宗羲，《明儒學案》卷十。文淵閣本《四庫全書》，史部，傳
　記類，總錄之屬。

四、「龍場悟道」之後

王陽明四十八歲平定宸濠之變，五十歲始揭「致良知」之旨，可見其對「良知」的體會，真正是「從百死千難中得來」。[22]王陽明對於孔子所提到的鄉愿、狂狷[23]，特別有所感觸，在給黃宗賢的信上說：

> 四方朋友來去無定，中間不無切磋砥礪之益，但真有力量能擔荷得者，亦自少見。大抵近世學者，無有必為聖人之志，胸中有物未得清脫耳。[24]

貌似忠厚，無法明辨是非的鄉愿者，以及行事過於激進、保守的狂者、狷者，同是心中有「物」未能清脫，此「物」為何，王陽明並未明白指出，但在給尚謙的信中，王陽明提到：

> 謂自咎罪疾，只緣「輕傲」二字，足知用力懇切。但知輕傲處便是「良知」，致此良知，除卻輕傲，便是「格物」，得「致知」二字，千古人品高下真偽，一齊覷破，毫髮不容揜藏。[25]

---

[22] 王陽明給弟子鄒守益的信中提到：「近來信得『致良知』三字，真聖門正法眼藏，往年尚疑未盡，今自多事以來，只此良知，無不具足。」〈年譜〉卷一，頁 125。

[23] 《論語·陽貨》：「子曰：『鄉愿，德之賊也。』」《論語·子路》：「子曰：『不得中行而與之，必也狂狷乎？狂者進取，狷者有所不為也。』」

[24] 〈年譜〉卷一，頁 132。

[25] 〈年譜〉卷一，頁 132。

王陽明論「致良知」，入手處就在除一己之「輕傲」；對於未能反思「輕傲」，且予以對治的讀書人，王陽明曾痛心疾首說道：

> 後儒不明聖學，不知就自己心地良知良能上體認擴充，卻去求知其所不知，求能其所不能，一味只是希高慕大，不知自己是桀紂心地，動輒要做堯舜事業，如何做得！終年碌碌，至於老死，竟不知成就了箇什麼，可哀也已！[26]

王陽明所說的「聖學」，指的是孟子之學，《孟子·盡心上》：「人之所不學而能者，其良能也；所不慮而知者，其良知也。」「良知良能」就是人與生俱來的善性，王陽明要人去「體認擴充」一己之「良知良能」，這是去除「輕傲」之心的方便法門；除了去「輕傲」之心，做到真正的致「良知」，才是人間第一流事業，在王陽明〈答聶豹書〉：

> 天地萬物，本吾一體者也，生民之困苦荼毒，孰非疾痛之切於吾身者也。不知吾身之疾痛，無是非之心者也。是非之心，不慮而知不學而能，所謂良知也。良心之在人心，無間於聖愚，……惟務致其良知，則自能公是非，同好惡；視人猶己，視國猶家。[27]

---

26 《王陽明全書》（一）〈語錄〉卷一〈傳習錄〉（上），頁 26。
27 〈年譜〉卷一，頁 142。

「致良知」之人，「視人猶己，視國猶家。」視人類之苦，切於己身，王陽明以四句立學宗旨（四句教）總括此一步驟：「無善無惡，是心之體；有善有惡，是意之動；知善知惡，是良知；為善去惡，是格物。」[28]王陽明的「四句教」，在去世的前一年提出，殷殷期盼弟子錢德洪與王畿依此用功，不可更易，王陽明還語重心長囑咐道：

> 人心自有知識以來，已為習俗所染，今不教他在良知上，實用為善去惡功夫，只去懸空想箇本體，一切事為，俱不著實。[29]

王陽明曾說「良知」二字，「自龍場以後，便已不出此意。」[30]陽明心學之所以能引起知識份子的共鳴，就在於他指出了許多人只知坐而言，不知起而行的毛病；同時也切中了「輕傲」的知識份子，不敢當下承擔。

五、結語

在貴州龍場，夷人影響了王陽明，使他感受到人世間還存在著心靈與情感相激相盪的美好世界，他所寫的百餘首《居夷詩》，以及《玩易窩記》、《何陋軒記》、《君子亭記》、《賓陽堂記》，全是他被貶貴州龍場期間，最直接的

---

28 〈年譜〉卷一，頁147。
29 〈年譜〉卷一，頁148。
30 《王陽明全書》（一）〈刻文錄敘說〉，頁11。

心跡表述。王陽明在帶兵打仗之餘，仍講學不輟，所到之處書院成立，使得蠻荒之地的貴州有了學風，陽明弟子遍天下。王陽明與貴州夷人一年多的相處，對一己的存在有了抉擇的勇氣，悟出了「知」與「行」不可分，激發了他悟道之後，進而傳道的生命熱誠。

寒山詩〈若人逢鬼魅〉試釋

一、前言

　　鍾玲〈寒山在東方和西方文學界的地位〉一文中，介紹唐朝詩人寒山（一稱寒山子）的詩，在五〇及六〇年代於歐美的流行概況，鍾玲先生肯定了美國迷失的一代，嬉皮輩的祖師爺，正是中國唐朝詩人寒山。[1]

　　唐・閭丘胤〈寒山子詩集序〉，認為寒山是文殊化身；拾得是普賢轉世；豐干為彌陀再來，亦即後世所說的：浙江天台山國清寺「天台三聖」，〈寒山子詩集序〉已被近人余嘉錫證為偽作[2]；〈寒山子詩集序〉雖為偽作，但自宋至清，在僧徒與文人手中，釋書樂於傳述「天台三聖」事蹟，禪師更爭相將「天台三聖」事蹟與寒山詩引為上堂法語；而文人之詩話、文集，引寒山詩的情形更是隨處可見。寒山的魅力，

---

[1] 鍾玲，〈寒山在東方和西方文學界的地位〉，《中央日報》副刊，1970年3月8~12日。轉載《中國詩季刊》3卷4期，1972年。

[2] 余嘉錫據《元和郡縣誌》及徐靈府《天台山記》，二書均提及寒山子隱居的台州始豐縣，是肅宗上元二年才改為唐興縣，證明閭丘胤〈寒山子詩集序〉言寒山是初唐「貞觀」時人的說法有誤。詳見：《四庫提要辨證》卷二十〈寒山子詩集二卷附豐干拾得詩一卷〉，（中華書局香港分局，1974年），頁1247。

從〈寒山子詩集序〉的「文殊化身」；到禪師口中的「寒山菩薩」（真淨克文禪師）、「寒山大士」（永覺元賢禪師）；到雍正十一年，被敕封為專司婚姻幸福、家庭和樂的「和合二仙」[3]，成為民間習俗中，司婚姻的「和聖」寒山，卻取代不了「菩薩」詩人寒山，原因就在於寒山詩中的勸世精神。本文引寒山詩〈若人逢鬼魅〉，藉以見寒山普勸世人，同生知識的大悲心，並對寒山其人及其詩，作概略的介紹。

二、呼名自當去與蚊子叮鐵牛

《寒山詩集》第 63 首〈若人逢鬼魅〉：

> 若人逢鬼魅，第一莫驚懼。捺硬莫采渠，呼名自當去。
> 燒香請佛力，禮拜求僧助。蚊子叮鐵牛，無渠下觜處。[4]

這是一首教人在心生恐懼，面對不可名狀的鬼魅時，該以哪些方法來確保自身的安全。詩的前幅教人避開鬼魅，共分為三個步驟：寒山要人首先「莫驚懼」，接著置諸不理，若置諸不理無效，就直呼鬼魅之名，令其自去；詩的後幅，以「蚊子叮鐵牛」為喻，強調欲避開鬼魅，靠的是自身的力量，而非神佛之助。全詩的關鍵點在兩處：一、對鬼魅「呼名自當

---

[3] 民間所稱的「和合二仙」：寒山為「妙覺普度和聖寒山大士」；拾得是「圓覺慈度合聖大士」。

[4] 《寒山子詩一卷、豐干拾得詩一卷》，《四部叢刊》初編集部（102 冊）（上海：商務印書館，1926 年），頁 12。此版本乃上海涵芬樓借印建德周氏景宋刻本，為《天祿琳琅》宋刻本之縮印本。

去」，是否有效；二、「蚊子叮鐵牛」，其含意為何，以下試論。

（一）呼名自當去

本詩前幅，寒山教人在面對作祟害人的鬼魅時，首先，不必驚慌；其次，硬撐著不理；再次，能辨識出何種鬼怪，就直呼其名，呼其名則鬼怪就會自動離去。在民間傳說中，鬼怪直呼人名，人若答應，則為其所害；反之，能直呼鬼物精怪之名，鬼物精怪就不能為害人，甚至反過來被人操控；人不受害的前提是：要能辨認出是何種鬼怪且能叫得出名字。

在以農為主的時代，文學中最常出現的是「山精」，傳為晉・葛洪所作的《抱朴子內篇・登涉》，對於「山精」，就有多種稱呼：

1、外形像小孩，只有一隻腳的山精，其名為「蚑」、「熱內」。

2、「如鼓赤色」，外形同樣是一隻腳的山精，其名為「暉」。

3、「如人，長九尺，衣裘戴笠」的山精，其名為「金累」。

4、「如龍而五色赤角」的山精，其名為「飛飛」（或作「飛龍」）。[5]

---

[5] 晉・葛洪，《抱朴子內篇》卷十七，《四部叢刊》本，初編，子部。下引版本同。

　　以上四種山精，有獨腳的「小孩」；有身長九尺的「人」；還有赤角的「龍」，由其不同的名稱來看，除非是多聞強識，訓練有素，一般人要分辨得出是何種山精，且在最短時間內能叫出山精的名字，委實不易，而山裡的鬼魅，除了山精以外，尚有不易令人生疑，由動物幻化為人的精物鬼怪，《抱朴子內篇·登涉》歸納有：

１、在山中遇到自稱是「虞吏」的，就是老虎。

２、自稱是「當路君」的，是狼。

３、自稱是「令長」的，是老狸。

４、自稱是「丈人」的，是兔。

５、自稱是「東王父」的，是麋。

６、自稱是「西王母」的，是鹿。

７、自稱是「雨師」的，是龍。

８、自稱是「河伯」的，是魚。

９、自稱是「無腸公子」的，是蟹。

１０、自稱是「寡人」的，是社中蛇。

１１、自稱是「時君」的，是龜。

１２、自稱是「三公」的，是馬。

１３、自稱是「仙人」的，是老樹。

１４、自稱是「主人」的，是羊。

１５、自稱是「吏」的，是蠮。

１６、自稱是「人君」的，是猴。

１７、自稱是「九卿」的，是猨。

１８、自稱是「將軍」的，是雞。

　　１９、自稱是「捕賊」的，是雉。

　　２０、能叫得出人的姓跟字的，是犬。

　　２１、自稱是「成陽公」的，是狐。

　　２２、自稱是「婦人」的，是金玉。

　　２３、自稱是「神君」的，是豬。

　　２４、自稱是「社君」的，是鼠。

　　２５、自稱是「神人」的，是伏翼。

　　２６、自稱是「書生」的，是牛。2

　　以上各種動、植物精怪，分別從寅日至丑日，人行山中
會遇到的，化為人形的飛禽走獸；這些「山精」各有其「專
稱」，不少已成為現今的「代稱」，如「雨師」、「河伯」、
「無腸公子」。《太平御覽》〈妖異部〉二，認為物有精氣，
人有魂魄，人對於天地萬物所發散出來的「精神」，不必「機
發而應」6，這種看法同於寒山的「捺硬莫采渠」──硬是不
理，因為，天地何其大，萬物何其多，再怎麼博聞強識之人，
面對鬼魅，總有呼不出其名的時候，而最安全的方法，就是
不理不睬。

　　「捺硬莫采渠」若是無效，寒山的建議是「呼名自當
去」。關於「呼名自當去」如何解釋，日本白隱禪師有不同
的看法；白隱禪師認為人在極短時間內面對鬼魅的變化無
窮，很難立馬呼出其名，白隱禪師認為「呼名」就是持咒，
是「返照自心」，為的是「喚起自己本來人者也。」7項楚

6　《太平御覽》卷第八百八十六，《四部叢刊》本，三編，子部。
7　〔日本〕白隱禪師，《寒山詩闡提記聞》，《白隱和尚全集》第四卷

認為白隱禪師以持咒「喚起自己本來人」，是「注家借題發揮，並非寒山原意。」[8]

按：《法苑珠林》卷四五引《白澤圖》，記人類生活中，使用到的器物，如：玉、金、車、臼、；生存環境中的門、廁、山、澤、道路、故井、廢墓，這些與人類生活有關的東西，日久成「精」之後，均有其專名，有其特殊樣貌[9]；白隱禪師曰：「縱復有諳得白澤語底人，……思議尋討間，必為彼驚落心魂。」「白澤語」指的是《白澤圖》所記各種日久成「精」的精怪名稱，白隱禪師認為：人在想出並且說出精怪的名字前，人早已受其害，持咒之人則不同，能現出毘盧全身[10]，「一團寶光聚，閑神野鬼，乞命無暇，何處留痕跡？」就寒山「呼名自當去」，白隱禪師認為該持咒以求全身遠禍，項楚認為白隱禪師「呼名」乃持咒的說法，是「注家借題發揮」；就常情而論，能記住眾多鬼魅之名的人，畢竟不多；而能在極短時間內，直呼鬼魅之名的，顯然更少；白隱禪師「呼名」乃持咒的說法，筆者認為較合常理。

（東京：龍吟社發行，昭和九年），頁 57。

[8] 項楚，《寒山詩注》（北京：中華書局，2000 年），頁 176。下引版本同。

[9] 唐・釋道世，《法苑珠林》卷四五〈審察篇・審學部〉第四。

[10] 毘盧，毘盧舍那的簡稱，又作毘盧遮那。毘盧舍那為釋迦牟尼佛法身之名號，譯為「徧一切處」，即光明遍照之意。

（二）蚊子叮鐵牛

　　本詩後幅：「燒香請佛力，禮拜求僧助。」請佛要燒香的說法，在《須摩提女經》有記，大意是須摩提女以香油塗身登上樓頭，遙請世尊，香氣如雲，傳抵祇桓精舍，阿難見此香非平常所見，問此異香從何處來，佛言：「此香是佛使之香，今須摩提女在滿富城中，為諸邪道所逼，今遣香來請我并及卿等。」[11]香為信使之典由此出；佛教之「禮拜」，有合掌為禮與叩頭敬跪，高僧是佛陀以外，受一般民眾「禮拜」的對象，這是因為僧徒肩負著替民眾除災祈福的職責。

　　「蚊子叮鐵牛」意為無縫可鑽；「無渠下觜處」意為「無處下手」。項楚引翟灝《通俗編》，認為「蚊子叮鐵牛，無渠下觜處。」是「上句借引他語，下句申釋本意」的「風人體」[12]；翟灝所說的「語多雙關借意，唐人謂之風人體」，在歷代禪師手中，寒山之「蚊子叮鐵牛，無渠下觜處。」多作「蚊子上鐵牛，無你下觜處。」引為上堂法語，而最為後代禪師津津樂道的，則是唐代溈山靈祐與藥山惟儼，就此二語所生之機語，雲巖曇晟問溈山靈祐：

> （雲巖曇晟）問：「百丈大人相如何？」師云：「魏魏堂堂，煒煒煌煌，聲前非聲，色後非色，蚊子上鐵牛，無你下觜處。」[13]

---

[11] 吳·支謙譯，《須摩提女經》卷一。

[12] 項楚，《寒山詩注》舉清·翟灝《通俗編》卷三八〈風人〉：「六朝樂府〈子夜〉、〈讀曲〉等歌，語多雙關借意，唐人謂之風人體，以本風俗之言也。」頁177~178。

[13] 《祖堂集》卷一六〈溈山〉。

應菴曇華禪師認為溈山靈祐與雲巖曇晟，討論百丈懷海的相貌，是「指鹿為馬」[14]；天童惢禪師則反譏應菴曇華禪師「指鹿為馬」之說，是「證龜成鱉」[15]；萬如通微禪師較為持平，言溈山形容百丈之相「雖是當陽不昧，可惜裝點太多。」[16]按：溈山言：「蚊子上鐵牛，無你下觜處。」已坦承百丈懷海的胸襟氣象，非言語所能描述，溈山對「大人之相」，無以言表，用「蚊子上鐵牛」為喻，藥山惟儼則用來形容自己求道的心得：

> （藥山惟儼）師於言下契悟，便禮拜。祖曰：「你見甚
> 麼道理便禮拜？」
> 師曰：「某甲在石頭處，如蚊子上鐵牛。」[17]

藥山惟儼經馬祖道一的點撥，悟到自己先前在石頭希遷門下，石頭希遷要他善自體會何謂「即心即佛」，不為其說破的苦心，「蚊子上鐵牛」是藥山形容自己當時未能領會石頭希遷的教誨，在觀念混沌未明時，有口說不清的心情。

---

[14] 《應菴曇華禪師語錄》卷四：「師云：『二尊宿說大人相，何異指鹿為馬。』」

[15] 清·淨符彙集，《宗門拈古彙集》卷十四，〈溈山靈祐禪師〉：「天童惢云：『二尊宿指鹿為馬，應菴祖證龜成　，各領三頓棒。』」

[16] 《續燈正統》卷三二，萬如通微禪師。

[17] 藥山在石頭與馬祖二師間，悟道的經過，詳見宋·法應集，元·普會續：《禪宗頌古聯珠通集》卷十四：「藥山首造石頭之室便問：『……嘗聞南方直指人心，見性成佛，實未明了。』……曰：『恁麼也不得，不恁麼也不得，恁麼不恁麼總不得，子作麼生？』師罔措。曰：『子因緣不在此，且往馬大師處去，師稟命恭禮馬祖仍伸前問，祖曰：『我有時教伊揚眉瞬目，有時不教伊揚眉瞬目，有時揚眉瞬目是，有時揚眉瞬目者不是。子作麼生？』師於言下契悟，便禮拜。」

　　溈山靈祐與藥山惟儼引「蚊子上鐵牛」，均有「無以名之」之意；臨濟宗大慧普覺禪師認為「凡語言注解不得處，便道：『蚊子上鐵牛，無你下觜處。』如此之類，謂之句中玄。」[18]三山來禪師以「言無意路」，作為「臨濟三玄」之「句中玄」的解釋[19]，與大慧普覺以「語言注解不得處」釋「蚊子上鐵牛」，大體無扞格。唐代溈山靈祐與藥山惟儼引「蚊子上鐵牛」，有「無以名之」、「無下手處」之意，唐以後的禪師解釋「蚊子上鐵牛」，與靈祐、藥山二人看法相同的，有參「無」字二十年的源明和尚[20]；希望學人「蕩盡胸中禪道佛法知見」來日「人人如獅子王」的密庵咸傑禪師[21]；認為「知」為「眾禍之門」的高峰原妙禪師[22]；以上三位禪師，對「蚊子上鐵牛」的用法，均與靈祐、藥山二人「道不得」、「說不清」之意相同。

　　上引諸位禪師，就一己之「蚊子上鐵牛」的感受，試著對靈魂金字塔（高峰經驗）加以形容，從中可以發現，「無下觜處」確實是禪師們的最無力處；藥山說出了在石頭處，

---

18 《指月錄》卷三二，《徑山宗杲大慧普覺禪師語要》下，〈普說〉。
19 清‧三山來著、性統編：《五家宗旨纂要》卷一〈濟宗三玄要〉：「……第二句中玄，如：張公喫酒李公醉；前三三後三三；六六三十六，其言無意路，雖是體上發，此一句不拘於體故。……」
20 《續指月錄》卷一二，杭州天真毒峯本善禪師：「初遇源明和尚，示無字話，師當下便能領解。舉似明，明曰：『我二十年看箇無字，如蚊子上鐵牛，子纔學做工夫，便有許知見。』」
21 《密庵咸傑禪師語錄》卷下：「今夜如此提持，全無巴鼻（巴鼻：指來由、根據），全無滋味，如蚊子上鐵牛相似，直是無下觜處。」
22 《高峰原妙禪師禪要》卷一：「若論此事，如蚊子上鐵牛相似，更不問如何若何，便向下觜不得處，拼命一鑽，和身透入。」

如「蚊子上鐵牛」的感受，禮拜馬祖後，馬祖對藥山的開示是「汝既如是，善自護持。」石頭與馬祖對藥山的觀機逗教，在藥山豁然有省，說出了如「蚊子上鐵牛」的感受，後代禪師是爭相揣摩藥山當時悟道的心情：

> 法雲秀云：「石頭好箇無孔鐵鎚，大似分付不着，藥山雖然過江西悟去，爭奈平地上喫交，有什麼扶策處，具眼者試辨看。」[23]

法雲秀禪師要人試著體會：支撐（扶策）藥山留在馬祖身旁「問法」的動機為何；五祖演禪師對藥山心中的大疑，何謂「直指人心，見性成佛。」要門人學習藥山打死不退的參詳態度[24]；大溈智與溈山果二位禪師，則認為馬祖的開示內容同於石頭，卻使得藥山能「聞一知二」，藥山契入後的感受已非當下的開悟，已是落入「第二月」[25]；大慧普覺禪師讚許此一公案要句——「蚊子上鐵牛」，為臨濟宗門大法——臨濟三玄之「句中玄」，自是不輕易許人[26]；而曾和寒山、拾得全部詩作的楚石梵琦禪師則云：

---

[23] 《教外別傳》卷一四〈藥山惟儼禪師〉。

[24] 宋・釋才良等編，《法演禪師語錄》卷一：「五祖演云：『老僧在眾，聞兄弟商量道：即心即佛也不得，不即心即佛也不得，若恁麼說話，敢稱禪客？殊不知，古人文武兼備，韜略雙全，山僧見處，也要諸人共知，只見波濤湧，不見海龍宮。』」

[25] 清・釋淨符彙集，《宗門拈古彙集》卷七：「大溈智云：『說什麼在石頭時，如蚊子上鐵牛，只今又何曾吐露得出？』 溈山果云：『前箭猶自可，後箭射人深，藥山直饒恁麼悟去，也落第二月。』」

[26] 清・釋淨符彙集，《宗門拈古彙集》卷七：「徑山果云：『好箇話端，阿誰會舉，舉得十分，未敢相許。』」

藥山只知蚊子上鐵牛，不知鐵牛叮蚊子，露柱親遭一口，
燈籠無地藏身。嚇得馬大師，變作老妙喜。我且問你：
話端從甚麼處說起？相罵饒你插觜，相唾饒你潑水。[27]

楚石梵琦以佛殿、法堂外的圓柱，以及尋常使用得到的燈籠
等無情物，當作「鐵牛叮蚊子」之有情表徵；「話端從甚麼
處說起？」意在強調「下觜處」的重要；虛堂和尚認為「無
味之談，塞斷人口，為難。」[28]圓悟佛果禪師的弟子，認為
石頭與馬祖兩人的人格氣象不同，教法自然有異。[29]

按：「蚊子上鐵牛」，禪師以之舉頌言曰，各抒懷抱是為必
　　然[30]，由此一話頭屢被歷代禪師提用，不僅可看出「蚊
　　子上鐵牛」，已成為藥山首造石頭，次參馬祖的「代表
　　作」；其「機緣」與「道理」，更是歷代禪師在悟道過
　　程中，最常用來形容「轉身」不得時的描述，如慶元府
　　蓬萊鄉禪師：

---

27 《楚石梵琦禪師語錄》卷11。
28 《虛堂和尚語錄》卷八：「師云：『挾泰山超北海，不以為難；無味
　之談，塞斷人口，為難。藥山因什麼悟去』卓主丈。」
29 《圓悟佛果禪師語錄》卷一三：「今時眾中兄弟便道：『石頭一向壁
　立萬仞，所以他不會；馬祖放開一線，他乃悟去。』」
30 《五燈全書》卷四七，杭州徑山蒙菴元聰禪師：「上堂，舉藥山首造
　石頭，次參馬祖有悟，乃曰：『某甲在石頭，如蚊子上鐵牛機緣。』
　頌曰：『倒腹傾　說向伊，不知何故尚遲疑。只今便好猛提取，莫待
　天明失卻雞。』」《宗年編統》卷一三，祥符蔭曰：「藥山祖於大寂
　言下，悟得在石頭處如蚊子上鐵牛底道理，一物不為，石上栽花，有
　一句子，待牛孛牛生兒即向汝道，非情識到，寗容思慮，潛行密用，
　如愚若魯，此寶鏡三昧之所由立也，故曰：力在逢緣不借中。」

上堂，蓬萊突兀無遮護，鐵壁銀山無入處。有時關棙一時開，放出毒蛇當大路。參禪人早回顧，莫待臨時生怕怖。荊棘林中暗坐時，百尺竿頭須進步。三十三人老古錐，象轉龍蟠曾指注。休指注，成露布，蚊子上鐵牛，無你下觜處。[31]

「毒蛇」，指身之地、水、火、風四大「毒蛇」；「露布」，指含有禪機的動作、言句，蓬萊鄉禪師擒縱殺活全來，坦言失心於是非的結果將導致識、神分別。 此外，「蚊子上鐵牛」在禪師眼中，不全然是開悟的指標，守約信禪師直截點出：尋「下觜處」根本就是「謗如來正法」[32]的行為；保寧仁勇禪師與守約信禪師的看法相反，認為「蚊子上鐵牛」乃「直截根源」[33]，非上根者不能為；中洲海嶽禪師則視此話頭如「祖師西來意」，說「蚊子上鐵牛」就如同打葛藤（囉唆）[34]；大慧普覺禪師則較持平，認為「蚊子上鐵牛」，使人「無下觜處」，也是方便法的一種。[35]以上由藥山「蚊子

---

[31] 《嘉泰普燈錄》卷一六，慶元府蓬萊鄉禪師。

[32] 《正源略集》卷一六，杭州天長守約信禪師：「小參，夫子不識字，達磨不會禪，一卷好心經，被箇歪嘴和尚念壞了，你還透得壞處麼？打一錘一塊腫，踢一腳一塊青，因甚麼蚊子上鐵牛，癩士聽雷聲，欲得不招無間業，莫謗如來正法輪。」

[33] 《續傳燈錄》卷一三，金陵保寧仁勇禪師：「如何是直截根源，師曰：『蚊子上鐵牛。』曰：『直截根源人已曉，中下之流如何指示？』師曰：『石人脊背汗通流。』」

[34] 《五燈全書》卷一百六，鹽官中洲海嶽禪師：「上堂，略說廣說，喻說直說，讚說毀說，安立說顯了說，以至塵說剎說，熾然說無間歇，總不出這一句。且道：『是那一句？』喝一喝曰：『蚊子上鐵牛，無你下嘴處。』」

[35] 《大慧普覺禪師語錄》卷一六：「我此門中無理會得理會不得，『蚊

上鐵牛」一語，言自己無入手處；到後代禪師以第二人稱「無你下觜處」、「無爾下觜處」，反觀寒山「蚊子叮鐵牛，無渠下觜處。」以第三人稱的「渠」，直指佛陀與釋徒，更具警醒之意。

　　寒山認為「燒香請佛力，禮拜求僧助。」祈佛求僧以解逢鬼魅之厄，這種行為，就有如「蚊子叮鐵牛」；「無渠下觜處」是說佛與諸僧，對人類此等祈求，均無處下手，其用意在勸人返本還源，因迷路而歸覺路，了悟無明實性即佛性。知一己身心與佛無別，不向外馳求，便自能憑一己之力，克服種種困難。

三、結語

　　寒山要人面對鬼魅時，採取三個步驟：「莫驚懼」、「捺硬莫采渠」、「呼名自當去。」在不識眾多鬼魅之名的情形下，白隱禪師的「持咒以對」，更能彰顯人的自主性。逢鬼魅時，只知祈佛求僧的人，乃因曠劫無明，不知迴光返照，寒山勸人對鬼魅「呼名自當去。」可知寒山意在強調：人唯有靠自力方能自我救濟。至於「蚊子叮鐵牛，無渠下觜處。」佛與諸僧的「無下手處」，正是人之得力處。

子上鐵牛，無爾下嘴處。』須信古人垂慈，則有法無法；不垂慈，道眼未開大法未明，豈免向他人口裏覓禪覓道覓玄覓妙。」

本文以〈淺談寒山詩〈若人逢鬼魅〉〉一名，刊登於國立暨南國際大學，《暨大電子雜誌》第 31 期，2005 年 10 月。就內容稍作修改。

國家圖書館出版品預行編目

絳雲集 / 葉珠紅著. -- 一版. -- 臺北市：
秀威資訊科技, 2007 [民 96]
面；　公分. - - （語言文學類；PG0120）

ISBN 978-986-6909-40-5(平裝)

1.文學 – 論文,講詞等

810.7　　　　　　　　　　　96002753

 語言文學類　PG0120

絳雲集

作　　者 / 葉珠紅
發 行 人 / 宋政坤
執行編輯 / 周沛妤
圖文排版 / 郭雅雯
封面設計 / 林世峰
數位轉譯 / 徐真玉　沈裕閔
圖書銷售 / 林怡君
網路服務 / 徐國晉
出版印製 / 秀威資訊科技股份有限公司
　　　　　台北市內湖區瑞光路 583 巷 25 號 1 樓
　　　　　電話：02-2657-9211　　　傳真：02-2657-9106
　　　　　E-mail：service@showwe.com.tw
經 銷 商 / 紅螞蟻圖書有限公司
　　　　　台北市內湖區舊宗路二段 121 巷 28、32 號 4 樓
　　　　　電話：02-2795-3656　　　傳真：02-2795-4100
　　　　　http://www.e-redant.com

2007 年 2 月 BOD 一版
定價：220 元

讀 者 回 函 卡

感謝您購買本書，為提升服務品質，煩請填寫以下問卷，收到您的寶貴意見後，我們會仔細收藏記錄並回贈紀念品，謝謝！

1.您購買的書名：＿＿＿＿＿＿＿＿＿＿＿＿＿＿＿

2.您從何得知本書的消息？

　　□網路書店　　□部落格　　□資料庫搜尋　　□書訊　□電子報　　□書店

　　□平面媒體　　□ 朋友推薦　　□網站推薦 □其他＿＿＿＿＿＿

3.您對本書的評價：(請填代號　1.非常滿意 2.滿意 3.尚可 4.再改進)

　　封面設計＿＿　版面編排＿＿　內容＿＿　文/譯筆＿＿　價格＿＿

4.讀完書後您覺得：

　　□很有收獲　□有收獲　□收獲不多　□沒收獲

5.您會推薦本書給朋友嗎？

　　□會　□不會，為什麼？＿＿＿＿＿＿＿＿＿＿＿＿＿＿＿＿＿

6.其他寶貴的意見：＿＿＿＿＿＿＿＿＿＿＿＿＿＿＿＿＿＿

　　＿＿＿＿＿＿＿＿＿＿＿＿＿＿＿＿＿＿＿＿＿＿＿＿＿

　　＿＿＿＿＿＿＿＿＿＿＿＿＿＿＿＿＿＿＿＿＿＿＿＿＿

　　＿＿＿＿＿＿＿＿＿＿＿＿＿＿＿＿＿＿＿＿＿＿＿＿＿

讀者基本資料

姓名：＿＿＿＿＿＿＿＿＿＿　年齡：＿＿＿＿　性別：□女 □男

聯絡電話：＿＿＿＿＿＿＿＿　E-mail：＿＿＿＿＿＿＿＿＿

地址：＿＿＿＿＿＿＿＿＿＿＿＿＿＿＿＿＿＿＿＿＿＿

學歷：□高中(含)以下　　□高中　　□專科學校　　□大學

　　　□研究所(含)以上 □其他＿＿＿＿＿＿＿＿

職業：□製造業 □金融業 □資訊業 □軍警 □傳播業 □自由業

　　　□服務業 □公務員 □教職　□學生 □其他＿＿＿＿＿＿

To：114

　　台北市內湖區瑞光路 583 巷 25 號 1 樓

　　秀威資訊科技股份有限公司　　　收

寄件人姓名：

寄件人地址：□□□

秀威與 BOD

BOD（Books On Demand）是數位出版的大趨勢,秀威資訊率先運用 POD 數位印刷設備來生產書籍,並提供作者全程數位出版服務,致使書籍產銷零庫存,知識傳承不絕版,目前已開闢以下書系:

一、BOD 學術著作—專業論述的閱讀延伸
二、BOD 個人著作—分享生命的心路歷程
三、BOD 旅遊著作—個人深度旅遊文學創作
四、BOD 大陸學者—大陸專業學者學術出版
五、POD 獨家經銷—數位產製的代發行書籍

BOD 秀威網路書店：www.showwe.com.tw

政府出版品網路書店：www.govbooks.com.tw

　　永不絕版的故事・自己寫・永不休止的音符・自己唱